Angelika Schrobsdorff:
Der schöne Mann
und andere Erzählungen

Deutscher
Taschenbuch
Verlag

dtv

Von Angelika Schrobsdorff
sind im Deutschen Taschenbuch Verlag erschienen:
Die Reise nach Sofia (10539)
Die Herren (10894)
Jerusalem war immer eine schwere Adresse (11442)
Der Geliebte (11546)
Die kurze Stunde zwischen Tag und Nacht (11697)

Von der Autorin durchgesehene und korrigierte Ausgabe
Februar 1993
2. Auflage Januar 1994
Deutscher Taschenbuch Verlag GmbH & Co. KG,
München
Lizenzausgabe mit freundlicher Genehmigung der
F. A. Herbig Verlagsbuchhandlung GmbH, München

Erstveröffentlichung unter dem Titel
›Diese Männer. Erzählungen‹
Umschlagtypographie: Celestino Piatti
Umschlagbild: Rotraut Susanne Berner
Satz: IBV Satz- und Datentechnik, Berlin
Druck und Bindung: C. H. Beck'sche Buchdruckerei,
Nördlingen
Printed in Germany · ISBN 3-423-11637-4

Das Buch

»Er war so schön, daß es schon beinahe peinlich war. Hätte er wenigstens irgendeinen kleinen Fehler gehabt – leichte X-Beine zum Beispiel oder eine zu niedrige Stirn. Aber nein, er sah aus wie ein personifiziertes Werbefoto.« Angelika Schrobsdorff hat sich der Männer auf ihre ebenso liebenswürdige wie boshafte Weise angenommen, als andere noch nicht mal die Frauen entdeckt hatten. Ihre Ich-Erzählerin erlebt ein ganzes Repertoire maskuliner Selbstbestätigung (und Hilflosigkeit) in diesen Geschichten. Da gibt es Schönlinge, Aristokraten, Tyrannen, Feinsinnige, Snobs und Hartnäckige. Geradezu rührend ist die Geschichte vom »mächtigen kleinen Mann«, der die Erzählerin bis nach Rio schleppt, um sie für sich zu gewinnen, und doch erst zu seiner ganzen Größe zurückfindet, als er sich wieder seiner wahren Liebe, dem Publikum, zuwendet.

Die Autorin

Angelika Schrobsdorff wurde am 24. Dezember 1928 in Freiburg im Breisgau geboren, mußte 1939 mit ihrer jüdischen Mutter aus Berlin nach Sofia emigrieren und kehrte erst 1947 nach Deutschland zurück. 1971 heiratete sie in Jerusalem Claude Lanzmann, wohnte danach in Paris und München und beschloß 1983, nach Israel zu gehen. Weitere Werke: ›Die Herren‹ (1961), ›Der Geliebte‹ (1964), ›Spuren‹ (1966), ›Die kurze Stunde zwischen Tag und Nacht‹ (1978), ›Die Reise nach Sofia‹ (1983), ›Jerusalem war immer eine schwere Adresse‹ (1989, 1991), ›Du bist nicht so wie andre Mütter‹ (1992).

Inhalt

Der schöne Mann

Er war so schön, daß es schon beinahe peinlich war. Hätte er wenigstens irgendeinen kleinen Fehler gehabt – leichte X-Beine zum Beispiel oder eine zu niedrige Stirn. Aber nein, er sah aus wie ein personifiziertes Werbefoto: ein Mann, der mit verwegenem Clark-Gable-Lächeln einer Schönheit ein Glas Sekt reicht; ein Mann, der, an die Reling einer Segelyacht gelehnt, seine fabelhafte Brust einölt; ein Mann, der, die rechte Hand im flatternden Haar eines sportlich-hübschen Mädchens, die linke am Steuer eines Porsche Kabriolets, durch eine exotische Landschaft braust; ein Mann, der mit verhaltener Dynamik an einem Manager-Schreibtisch sitzt und seine Pfeife stopft – ein Mann kurzum, der denen Liebe, Abenteuer und Erfolg verspricht, die, so wie er, die richtige Sektmarke, die richtige Sonnenölsorte, das richtige Automodell, die richtige Tabakmischung wählen. Das also war Anton Hubert, oder wie er sich zu nennen pflegte: Tonio Hubertus.

Ich lernte ihn auf einem privaten Faschingsfest kennen, und sein Auftritt wird mir unvergeßlich bleiben. Er kam ziemlich spät, aber als er kam, schien es zu knistern.

Tonio Hubertus und Fasching, das waren zwei untrennbare Dinge. Er paßte in diesen Rahmen aus Flitter, Flirt, Musik und Sekt wie ein Pin-up-Girl in einen Bikini. Und noch besser paßte er in das schwarze Trikot, die weiße Seidenbluse, die breite rote Schärpe. Es war nicht klar, ob er einen Spanier darstellte, einen Piraten oder einen Zigeuner. Aber das war ja auch unwichtig. Was er zum Ausdruck bringen wollte und auch im Übermaß brachte, war Leidenschaft, Männlichkeit und eine gar prächtige Figur. Er war groß und einwandfrei proportioniert: breit die Schultern, flach der Bauch, schmal die Hüften, lang die Beine. Und das Gesicht: schwarz die Haare, blau die Augen, gerade die Nase, voll und doch fest der Mund, makellos die Zähne. Die Frauen wurden unruhig und die Männer ironisch.

Ich muß gestehen, daß sich auch in mir einiges regte. Ich war damals Anfang zwanzig, in einem Alter also, in dem man noch auf den Mann seiner Träume wartet, auf den großen, starken, herrlichen Mann – in anderen Worten, auf einen Tonio Hubertus.

Sein Anblick weckte sogleich die romantischsten Vorstellungen in mir. Ich sah mich in seinen Armen, tanzend, träumend oder verzückt seinen Kuß erwartend. Ich sah Kerzen, rote Rosen, Vollmondnächte und Himmelbetten. Ich hörte zärtliches Flüstern, Meeresrauschen und ein Potpourri sentimentaler amerikanischer Schlager. Und dann hörte ich die Stimme meines Begleiters, eines jungen Mannes, der sehr verliebt in mich war.

»Daß du auf so was reinfällst, hätte ich nie gedacht!«

»Auf was?« fragte ich und merkte zu spät, daß ich immer noch den schönen Mann anstarrte.

»Auf das, was du mit deinen Augen förmlich auffrißt.«

Jetzt beeilte ich mich, in eine andere Richtung, aber ja nicht in die Augen meines jungen Mannes zu schauen.

»Ich weiß nicht, wovon du sprichst.«

»Tu nicht noch dämlicher als der dämliche Beau!«

»Diesen Ton brauche ich mir wohl nicht gefallen zu lassen«, sagte ich und wandte mich beleidigt ab.

Leider lenkte er sofort ein: »Entschuldige bitte«, sagte er, »aber es macht mich rasend, wenn sich ein Mädchen wie du von einem Blödian wie dem da beeindrucken läßt.«

»Woraus schließt du, daß er ein Blödian ist?«

Er machte eine wegwerfende Handbewegung. »Schöne Männer sind dumm, da gibt es einfach keine Ausnahme.«

»Aus dir spricht der pure Neid!«

»Ach! Bin ich deiner Meinung nach so mies, daß ich Grund hätte…«

Zum Glück wurde ich von einem Cowboy zum Tanz fortgerissen.

Auch Tonio Hubertus tanzte jetzt. Er tanzte natürlich

mit einer bildschönen Frau. Ich beobachtete die beiden. Sie tanzten, als wären sie aus einem Guß. Sie klebten aneinander von den Wangen bis hinab zu den Fußspitzen. Ich fand die Frau widerlich und wünschte nichts sehnlicher, als an ihrer Stelle zu sein. Ich war nicht die einzige, die das wünschte. Tonio Hubertus hatte im wahrsten Sinne des Wortes alle Hände voll zu tun. Er tanzte, flirtete, küßte, knutschte sich durch ein gutes Dutzend hübscher, hingebungsfreudiger Frauen. Schließlich kam ich an die Reihe – wenn auch nur durch einen glücklichen Zufall. Er griff nämlich nach einer üppigen, tief dekolletierten Blondine, die aber, noch bevor seine Hand sie erreichte, von einem anderen weggeschnappt wurde. So landete die Hand dann schicksalsschwer auf meiner Schulter. Er merkte den Irrtum erst, als wir schon eine Weile getanzt hatten und er der Blondine, beziehungsweise mir, über den Rücken strich.

»Nanu«, sagte er, »Stoff anstatt Haut... wer bist du denn?«

»Ich bin eine hochgeschlossene Brünette.«

Er löste seinen Körper ein wenig von meinem, um mir ins Gesicht blicken zu können.

»Na, du bist aber hübsch!« rief er, schob mich noch ein Stück weiter weg und vergewisserte sich, daß meine Figur hielt, was das Gesicht versprach. »Das nennt man einen guten Fang!« Er lachte und griff mir mit größter Selbstverständlichkeit an die Brust: »Sag, warum versteckst du all die bezaubernden Sachen unter so viel Stoff?«

Ich wußte nicht recht, was ich tun und sagen sollte. Im Grunde war mir die Faschingstour, dieses beziehungslose Duzen und zielstrebige Betasten zuwider. Jedem anderen hätte ich wütend auf die Finger geschlagen, aber bei Tonio Hubertus wurde ich weich in den Knien, und meine Stimme, als ich sie endlich wiederfand, klang beängstigend schwach: »Bitte«, flüsterte ich, »tun Sie das lieber nicht.«

»Aber Süße, es ist doch Fasching!«

Dieser dumme Einwand hätte mich im allgemeinen noch mehr erbost als der Griff nach meinem Busen. Da er aber aus dem Mund eines unwiderstehlichen Mannes kam, fand ich nur mich selber dumm.

»Ich weiß«, sagte ich verlegen, »aber ich bin…«

Ich hatte sagen wollen: Ich bin in diesen Dingen etwas eigenartig, aber er unterbrach mich: »Ah, jetzt verstehe ich«, rief er, »du bist mit einem eifersüchtigen Freund hier.«

»Das auch«, nickte ich.

»Wie schade!«

»Ja«, stimmte ich zu, »sehr schade!«

»Aber tanzen darfst du doch hoffentlich mit mir.«

»Ja, tanzen darf ich.«

Er zog mich wieder in seine Arme und hielt mich sehr fest. »Wie heißt du?« fragte er und streifte mit seinen Lippen mein Ohr.

Ich sagte ihm Vor- und Nachnamen.

»Und deine Telefonnummer?«

Ich sagte ihm auch die Telefonnummer, sogar zweimal hintereinander und sehr deutlich.

Er wiederholte sie.

»Und wenn Sie sie vergessen?« fragte ich beunruhigt.

»Kennst du den Pelzsalon Friedmann?«

»Natürlich.«

»Also da kannst du mich jederzeit erreichen.«

»Arbeiten Sie dort?«

»Und ob«, sagte er, und das klang, als sei er der Besitzer persönlich.

Die Platte war zu Ende, und ich betete, daß man ganz schnell eine neue auflegen möge. Aber es dauerte und dauerte, und schließlich war es zu spät. Mein junger Mann schoß auf uns zu, packte meine Schulter und riß mich aus den Armen Tonio Hubertus'.

»Wenn Sie sich Ihre schöne Fratze noch länger erhalten wollen«, fauchte er, »dann verschwinden Sie – aber schnell!«

Und der schöne Mann verschwand, so schnell, wie ich noch niemanden hatte verschwinden sehen.

Dennoch – entscheidend blieb für mich der erste Eindruck, und der war nun einmal überwältigend gewesen. Ich wartete sehnsüchtig auf Tonios Anruf. Wartete einen Tag, zwei Tage, drei Tage und versank dabei immer mehr in Melancholie. Am vierten Tag schließlich begann ich, um den Pelzsalon Friedmann zu streichen, aber es dauerte noch zwei weitere Tage, bis ich mich ins Innere hineintraute. Es war ein luxuriöses Geschäft, und dementsprechend waren die Verkäuferinnen – vornehm tuende, blasierte Geschöpfe. Ich fragte eine von ihnen nach Herrn Hubertus. Sie musterte mich mit einem Blick, der mir mißfiel, und sagte, Herr Hubertus habe sein Büro im zweiten Stock, dritte Tür rechts, und ob ich angemeldet sei. Ich bejahte geistesgegenwärtig, und daraufhin deutete sie mit einer herablassenden Handbewegung zur Treppe. Ich stieg die Treppe hinauf, und mit jeder Stufe wurde mir unbehaglicher zumute. Wie sollte ich Tonio meinen Besuch erklären? Wie konnte ich den Eindruck verwischen, daß ich ihm nachlaufe? Ich war schon fast an der Tür, als mir ein glorreicher Gedanke kam. Ich würde ihn fragen, ob er nicht eine Arbeit für mich hätte – keine feste Stellung, sondern nur eine kleine Beschäftigung. Mit diesem prächtigen Einfall bewaffnet, klopfte ich forsch an die Tür.

»Herein!« rief er, und der Klang seiner Stimme spornte mein Herz zu einem holprigen Trab an. Ich atmete einmal tief durch und trat ein.

Sein Büro war ausgesprochen enttäuschend. Ich hatte einen großen Raum erwartet, dicke Teppiche, einen gewaltigen Schreibtisch und Ledersessel. Statt dessen war das Zimmer klein, die Möbel beinahe schäbig. Aber was spielte das letzten Endes für eine Rolle. Da saß Tonio Hubertus hinter einem fast leeren Schreibpult, und sein Anblick versetzte jetzt auch meinen Magen in eine Art schlingernder Bewegung. Er war und blieb schön – selbst in dieser dürftigen Umgebung, selbst im hellen Tageslicht, selbst im nüchternen grauen Flanell.

»Guten Tag«, sagte ich verlegen, und obgleich ich mich

sehr herausgeputzt hatte, kam ich mir klein und unscheinbar vor.

»Ah«, rief Tonio Hubertus, »was für ein reizender Besuch!«

Er kam mir mit ausgestreckter Hand und strahlendem Lächeln entgegen, und trotzdem hatte ich das Gefühl, daß er gar nicht wußte, wer ich war.

»Sie erinnern sich nicht an mich, nicht wahr?«

»Aber natürlich erinnere ich mich an Sie. Ein so hübsches Mädchen vergißt man doch nicht!«

Er ging um mich herum, wahrscheinlich auf der Suche nach irgendeinem Anhaltspunkt – Haare, Beine, Hände, Nase –, aber er schien der Sache nicht näherzukommen. Ich fürchtete, an falscher Stelle eingeordnet zu werden, und darum sagte ich: »Dieses Faschingsfest bei den Schöndorfs war eigentlich ziemlich langweilig, fanden Sie nicht?«

Jetzt fiel der Groschen, und sein Gesicht leuchtete auf wie das Startsignal in einem Spielautomaten.

»Bis auf den Tanz mit Ihnen«, sagte er galant, »war es wirklich nicht aufregend.«

Ich war sehr erleichtert und schaute mit dankbarem Lächeln zu ihm auf.

Er nahm mich beim Kinn, bog meinen Kopf ein wenig zurück und blickte mir in die Augen: »Hätten Sie Ihren eifersüchtigen Freund zu Hause gelassen, es wäre noch eine sehr schöne Nacht geworden.«

»Ja«, sagte ich leise und war ganz betäubt von dem Blau seiner Augen und dem Wunsch, geküßt zu werden.

»Aber die werden wir nachholen, nicht wahr, meine Süße?«

»Ja«, sagte ich noch leiser.

Draußen klappte eine Tür, dann hörte man die Stimme einer Frau und das Klicken hoher Absätze. In Tonios Augen kam ein wachsamer Ausdruck. Er ließ rasch mein Kinn los und ging zum Schreibtisch.

»Wie war noch Ihre Telefonnummer?« fragte er.

Ich gab ihm die Nummer und nannte vorsichtshalber auch noch meinen Namen.

»So«, sagte er, steckte den Zettel in die Brusttasche und zwinkerte mir mit einem Auge zu: »Jetzt kann nichts mehr passieren. Ich rufe Sie ganz bestimmt an.«

Das klang fast nach einer Verabschiedung, aber ich war keineswegs bereit, mich so schnell von ihm zu trennen. Vielleicht rief er mich doch wieder nicht an, und dann mußte ich einen guten Grund haben, ihn anzurufen.

»Ich wollte Sie noch etwas fragen...«, begann ich zaghaft.

Er stand da, drehte nervös einen Bleistift zwischen den Fingern und schien auf etwas zu horchen. Ich öffnete meine Tasche, schnappte sie wieder zu und kam mir maßlos aufdringlich vor.

»Frag doch, meine Süße«, sagte er abwesend.

»Ja, also ich wollte Sie fragen, ob Sie nicht irgendeine...«

Plötzlich ging er zur Tür, öffnete sie, spähte kurz in den Gang hinaus und schloß sie wieder. Dieses rätselhafte Zwischenspiel verwirrte mich derart, daß ich endgültig verstummte.

»Merkwürdig«, sagte Tonio Hubertus, »ich dachte, es hätte geklopft.«

Er lachte, trat hinter mich, schob mein Haar beiseite und preßte seine Lippen lange und heiß auf meinen Hals.

»Das magst du, nicht wahr?« fragte er, seines Erfolges sicher.

»O ja...«, flüsterte ich.

Wieder klappte eine Tür, und Tonio richtete sich abrupt auf.

»Wir müssen uns unbedingt bald sehen«, sagte er. »Dieses Drecksbüro – übrigens ist es nur ein Provisorium – scheint mir wirklich nicht der geeignete...«

Er unterbrach sich und lauschte angespannt auf das Klicken, das sich jetzt eindeutig und sehr energisch der Tür näherte.

»Das wird meine Chefin sein«, sagte Tonio Hubertus und verschanzte sich eilfertig hinter seinen Schreibtisch.

Es war zweifellos die Chefin, Margot Friedmann, die gleich darauf, ohne anzuklopfen, ins Zimmer barst. Sie war groß und üppig wie eine Bavaria und gewissenhaft angemalt wie eine alternde amerikanische Diva, die auf ein Comeback hofft. Ihr Haar war zu rot und ihr großflächiges Gesicht zu straff, um von seiner Echtheit zu überzeugen. Echt waren allein der prachtvolle Bibermantel, die schweren Goldreifen an ihren Armen, der große Brillant an ihrer fleischigen, sorgfältig manikürten Hand. Ihr erster Blick galt mir, ein kurzer Raubvogelblick, der mich zerpflückte und wieder fallen ließ. Gleich darauf hatte sie Tonio aufs Korn genommen, und in ihrem Gesicht erschien ein kleines boshaftes Lächeln, das unter ihrer eng gespannten Haut plattgedrückt wurde: »Die wievielte Sekretärin oder Vorführdame ist das in dieser Woche?« fragte sie.

Er sah sie stumm an. In seinem Gesicht mischten sich Unsicherheit und Tücke.

»Du schweigst, Toni? Hast du die Zahl vergessen? Na ja, macht nichts. Hauptsache, ich behalte sie, nicht wahr? Komm, gib mir eine Zigarette.«

Er erhob sich sofort, hielt ihr ein Päckchen Zigaretten hin und gab ihr Feuer.

Ich stand da und fühlte Stirn und Nacken feucht werden. Ich wußte nicht, was zwischen diesen beiden vorging, dem schönen jungen Mann und der despotischen Frau, die alt genug war, seine Mutter zu sein. Warum sprach sie in diesem giftigen Ton mit ihm? Warum duzte sie ihn? Und warum ließ er sich das gefallen – er, dem doch alle Türen offenstanden!

Margot Friedmann rauchte ein paar Züge, und dabei fixierte sie Tonio, der sich jetzt ebenfalls eine Zigarette anzündete.

»Deine Hände sind ein wenig zittrig, mein Lieber. Solltest du dich etwa übernommen haben... ich meine natürlich auf dem Fasching, nicht im Büro.«

»Ich war seit drei Tagen nicht mehr auf dem Fasching«, verteidigte er sich wie ein kleiner Junge.

»Um Fasching zu feiern, muß man nicht unbedingt auf Feste gehen, das weißt du doch, Toni!«

Er zuckte die Schultern und ging an seinen Platz hinter dem Schreibtisch zurück.

Margot Friedmann lachte, wenn man den unangenehmen Ton und die krampfhafte Grimasse ein Lachen nennen konnte. Dann wandte sie sich wieder mir zu und musterte mich ein zweites Mal, etwas länger diesmal und mit hinterhältiger Freundlichkeit.

»Hübsch«, sagte sie schließlich, »sehr hübsch. Aber glauben Sie mir, Kind, weibliche Angestellte habe ich genug – mehr als genug – dank meines rührigen Personalchefs, oder wie immer er sich zu nennen pflegt.«

Ich sah hilflos zu Tonio hinüber, aber er wich meinem Blick aus.

»Sollten Sie wirklich Arbeit suchen«, fuhr die unausstehliche Person fort, »dann wenden Sie sich doch an das Modehaus Schneider. Ich weiß zufällig, daß man dort eine hübsche Verkäuferin sucht, und wäre bereit, Ihnen ein Empfehlungsschreiben mitzugeben.«

Jetzt hatte ich genug. Die Hitze stieg mir ins Gesicht, und meine Stimme war heiser, als ich sagte: »Ich brauche Ihr Empfehlungsschreiben ebensowenig wie eine Stellung im Pelzsalon Friedmann oder im Modehaus Schneider.«

»Ei sieh da! Was brauchen Sie dann?«

»Darüber bin ich Ihnen keineswegs eine Erklärung schuldig. Auf Wiedersehen.«

»Moment«, rief Tonio, den mein Mut offenbar angesteckt hatte, »warten Sie, ich begleite Sie hinunter.«

Sein Gesicht war entschlossen und sein Schritt fest, als er mir zur Tür folgte.

»Mein Gott«, sagte ich, als wir im Gang waren, »das ist ja eine widerliche alte Hexe!«

»Ja«, sagte er, »das ist sie.«

»Ist sie immer so gemein und ausfallend?«

»Immer wenn ein junges, hübsches Mädchen auftaucht. Dann zerfrißt sie der Neid.«

»Aber wie kann sie sich erlauben, in einem solchen Ton mit Ihnen zu sprechen?«

»Sie spricht mit allen ihren Angestellten so.«

»Und duzt sie auch?«

»Hin und wieder.«

»Also ich an Ihrer Stelle würde sofort kündigen. Sie können sich doch nicht wie einen Schuhputzer behandeln lassen!«

»Nein«, sagte er, »das kann ich wirklich nicht.«

Er begleitete mich bis vor die Tür. Die Verkäuferinnen folgten uns mit den Blicken. Zwei tuschelten sich etwas zu.

»Also Servus, meine Süße. Wir sehen uns, bald... sehr bald!«

Ich sah zu ihm auf. Er war schön wie immer. Und trotzdem – etwas von dieser häßlichen Szene war an ihm haften geblieben, hatte seiner Schönheit den Glanz genommen.

Ein paar Tage später rief er mich an, und noch am selben Abend, um sechs Uhr, holte er mich ab. Er fuhr einen cremefarbenen Mercedes 190 SL, der ihm ebenso gut stand wie der erstklassige Kamelhaarmantel und der sportliche kleine Hut. Sein Gesicht war gebräunt, und dadurch trat das Blau seiner Augen, das Weiß seiner Zähne noch stärker hervor. Ich fragte ihn, wo er sich die schöne Farbe geholt hätte.

»Ich war übers Wochenende in Kitzbühel«, erklärte er, »na, da ist zur Zeit was los!«

Das Autoradio spielte Tanzmusik, und er erzählte mir, was zur Zeit in Kitzbühel los sei.

Ich hörte kaum hin, aber ich sah ihn oft an. Ich fand ihn immer noch ungewöhnlich anziehend, aber so aufgeregt wie beim ersten und zweiten Mal war ich nicht mehr. Immer wenn das atemberaubende Schwindelgefühl in mir aufzusteigen begann, kam mir die peinliche Szene in seinem Büro in den Sinn. Ich sah ihn dann mit dem betretenen Gesicht eines gescholtenen Schulbuben vor diesem mächtigen, gebieterischen Weib stehen, und das atemberaubende Schwindelgefühl versickerte.

»Wie geht es eigentlich Ihrer reizenden Chefin?« fragte ich.

»Sie ist zum Glück verreist«, sagte er.

Eine Weile später parkte er den Wagen in einer stillen Straße vor einem eleganten Appartementhaus.

»Da sind wir«, verkündete er und schien es für selbstverständlich zu halten, daß ich ihm in die Wohnung folgen würde.

Wir stiegen aus, fuhren im Lift in den obersten Stock und betraten ein hübsches kleines Appartement, in dem alles einen funkelnagelneuen Eindruck machte. Die Möbel, modern und recht dekorativ, stammten zweifellos aus einem teuren Geschäft. Das weißlackierte Bücherregal war fast leer, dafür war der Einbauschrank, den er jetzt öffnete, um seinen Mantel hineinzuhängen, brechend voll.

»Mach dir's bequem«, sagte er, »jetzt haben wir endlich einen langen, schönen Abend vor uns!«

Er zog die Vorhänge zu, schaltete die Tischlampe mit rotem Schirm an und legte eine Schallplatte auf. Dann holte er eine Flasche Sekt aus der Küche.

»So«, sagte er befriedigt, »Jetzt hätten wir alles.«

Ja, jetzt hatten wir alles: zärtliche Musik, gedämpftes Licht und eine Flasche Henkell trocken.

Brauchte man mehr, um eine stimmungsvoll-anregende Atmosphäre herzustellen, um sich aufeinander vorzubereiten?

Tonio Hubertus hatte keine Bedenken, was den planmäßigen Ablauf des Abends betraf. Er füllte unsere Gläser, stieß mit mir an und sagte: »Auf uns...« oder etwas Ähnliches; er zündete zwei Zigaretten an und steckte mir eine davon zwischen die Lippen; er weihte mich in den letzten Gesellschaftsskandal ein und erzählte mir ein paar banale Geschichten aus seinem Leben; er rückte näher an mich heran, ließ mich seine Hände fühlen und seine Fingerfertigkeit bewundern; er fragte mich, ob ich schon mal in dem neu eröffneten chinesischen Restaurant gewesen wäre, ob ich leicht schwanger würde und ob ich Ski laufen könne.

Ich muß gestehen, daß sich dieses Vorspiel ungünstig auf mich auswirkte. Das atemberaubende Schwindelgefühl war völlig erloschen, und statt dessen hatten sich gewisse Zweifel gemeldet. Hätte er wenigstens seinen schönen Mund gehalten und seine einfältige Vertreter-Suada nicht ganz so weit aufgedreht, ich wäre bereit gewesen, ihm eine erträgliche Durchschnittsintelligenz zu konzedieren. Aber so hatte ich nur die Wahl: mir seine Dummheit einzugestehen und – da mir so viel an seinem Äußeren lag – zu akzeptieren. Oder sie nicht zu akzeptieren und auf sein Äußeres zu verzichten.

Es war ein Glück, daß mich Tonio Hubertus in diesem Augenblick des Zwiespalts küßte und all das wieder erweckte, was ich fast schon zu Grabe getragen hatte. Jetzt brauchte ich wirklich nichts mehr als zärtliche Musik, gedämpftes Licht und eine Flasche Henkell trocken, um mich bereitwillig dem allen hinzugeben.

Er küßte mich lange. Er streichelte mich. Er flüsterte anerkennende Worte. Er streifte mir den Pullover über den Kopf und öffnete den Strumpfhalter an meinem rechten Bein. Dann plötzlich – ohne Übergang, ohne ein weiteres Wort – ließ er von mir ab, stand auf und begann, sich zu entkleiden. Er tat es langsam und mit Bewegungen, die an eine kultische Handlung erinnerten. Er warf das Jackett ab, entknotete die Krawatte, öffnete das Hemd. Öffnete es Knopf für Knopf, schlug es auseinander, streifte es mit einer geradezu leidenschaftlichen Gebärde von den Schultern. Ein kleines stolzes Lächeln war in seinem Gesicht, als er mir seinen tadellosen Oberkörper präsentierte. Es vertiefte sich, als er an sich hinabschaute und nun selber die Pracht gewahrte, die ihn wohl immer wieder freudig erschauern ließ. Nach einem Moment gemeinsamer Bewunderung kamen die

Schuhe an die Reihe, die Strümpfe, und dann war es soweit.

Ich hatte noch nie einen Mann gesehen, der sich mit solchem Genuß die Hose auszog wie Tonio Hubertus, und ich erkannte, daß diese spannende Entkleidungsszene gar nicht mir galt, sondern ihm selber. Er war völlig in seinem eigenen Bann, dem Bann seines schönen Körpers, den er weitaus mehr liebte als den Körper irgendeiner Frau. Ich saß da mit heruntergerutschten Strümpfen und halbnacktem Oberkörper und hatte das teils belustigte, teils unangenehme Gefühl, restlos überflüssig zu sein. Dann streifte Tonio die vorletzte Hülle ab und eine Art bestürzter Faszination hielt mich an meinem Platz fest. Was würde jetzt folgen?

Tonio sah zu mir hinüber, er zeigte sein strahlendstes Lächeln und griff nach der Unterhose. Ich erwartete einen Tusch, aber statt dessen fing das Telefon an zu klingeln. Tonio, der gerade neben dem Apparat stand, nahm mit der einen Hand den Hörer ab, und gleichzeitig begann er, das letzte Bekleidungsstück von seinen bemerkenswert schmalen Hüften zu schälen.

»Hier spricht das Bestattungsinstitut Pietät«, meldete er sich und bewies mir damit, daß er nicht nur schön, sondern auch unglaublich witzig war.

Aber noch ehe ich meinen Beifall in ein Lächeln umsetzen konnte, erstarrte sein Gesicht, und seine Hand ließ von der Unterhose ab, so daß mir nun doch noch das Allerletzte verborgen blieb.

Im Zimmer war es plötzlich sehr still. Nur aus dem Hörer kam – wie aus einer anderen Welt – die undeutliche Stimme einer Frau. Dann verstummte die Stimme, und nach einem sekundenlangen Schweigen sagte Tonio mit der Miene eines Mannes, dem man die Schlinge um den Hals gelegt hat: »Aber natürlich freue ich mich...«

Fasziniert von dieser jähen Verwandlung, sah ich ihn neugierig an. Er bemerkte meinen Blick, deutete auf die Sprechmuschel, tippte sich an die Stirn und drehte mir dann den Rücken zu. Ich hörte jetzt nicht mehr die Stimme der Frau und versuchte, aus Tonios einsilbigen Antworten irgendwelche Schlüsse zu ziehen. »Nein«, sagte er, »aber ja... bestimmt nicht... natürlich... wieso? schlafen... jawohl, schlafen...! und wie... ach Unsinn!... auch nicht... nein... nein, das geht jetzt nicht!« Dann folgte eine längere Pause und danach: »Ich bin allein, ich schwöre es!«

Ich starrte Tonios Rücken an, ein prächtiger Rücken, ein Sinnbild der Kraft und des Mutes. Ich griff nach meinem Glas und trank den letzten Schluck Sekt. »Hallo!« rief Tonio, »so warte doch, Margot... Hallo...!«

Und dann knallte er den Hörer auf die Gabel, zerrte sich gleichgültig die Unterhose über die Hüften und stürzte zum Stuhl, auf dem seine Sachen lagen. So langsam er sich kurz zuvor ausgezogen hatte, so schnell zog er sich jetzt an.

Die Geschichte begann mich zu ärgern. Ich hatte den ganzen Abend nur eine klägliche Chargenrolle gespielt und ihm, dem schönen Heldendarsteller, Glanz und Glorie überlassen. Ich hatte ihm die Stichworte gegeben, ich hatte Beifall gespendet, und nun saß ich wie eine vergessene kleine Statistin in einer Ecke und mußte zusehen, wie die Kulissen weggeräumt wurden und der Heldendarsteller sich das Gesicht abschminkte.

»Was geschieht hier eigentlich?« fragte ich.

Er schien mich in der Aufregung tatsächlich vergessen zu haben, denn bei dem Klang meiner Stimme fuhr er herum und starrte mich fassungslos an.

»Du sitzt ja immer noch so da!« rief er. »Zieh dich doch an, Kind! Du mußt hier schleunigst verschwinden!«

Ich zündete mir eine Zigarette an und rührte mich nicht.

»Vielleicht sind Sie so freundlich, mir eine nähere Erklärung zu geben«, sagte ich.

»Für nähere Erklärungen ist jetzt keine Zeit mehr!« Er knöpfte sich in fliegender Hast das Hemd zu: »Sie kann jeden Augenblick hier sein!«

»Wer, wenn ich fragen darf?«

»Wer! Meine Chefin natürlich. Sie war nicht davon abzubringen, hierherzukommen.«

»Ich denke, sie ist verreist.«

»Das dachte ich auch, verdammt noch mal.«

»Ich wußte gar nicht, daß Chefinnen auch am Privatleben ihrer Angestellten so regen Anteil nehmen.«

»Es geht hier nicht um private Dinge, sondern um geschäftliche. Eine sehr dringende Angelegenheit. Irgend etwas scheint schiefgelaufen zu sein.«

»Den Eindruck habe ich auch.«

Er war jetzt fix und fertig angezogen, trat mit entschlossenem Gesicht auf mich zu und packte mein Handgelenk: »Jetzt hör mal, Süße: Meine Chefin ist eine Hysterikerin, und du möchtest doch keinen Skandal heraufbeschwören und womöglich noch ein paar Ohrfeigen abkriegen, oder?«

Ich erschrak. Nichts war mir widerlicher als Hinterhofszenen.

»Wenn sie es wagt, mich anzurühren, hole ich die Funkstreife«, erklärte ich großspurig. »Und das gleiche gilt für Sie. Also lassen Sie auf der Stelle meinen Arm los!«

»Aber Süße«, sagte er und ließ mich los, »jetzt sei bitte nicht so böse. Du mußt doch einsehen...« Er unterbrach sich, hielt den Atem an und starrte mit einem Ausdruck des Entsetzens zum Fenster: »Ach, du lieber Gott, da hält ein Auto!«

Ich hatte mir im Nu den Pullover über den Kopf gezogen und die Strümpfe befestigt. Tonio rannte zum Fenster, schob den Vorhang ein wenig beiseite und spähte hinaus. »Tatsächlich«, flüsterte er, »da ist sie schon!«

Mit ein paar Schritten war er wieder am Tisch, ergriff Flasche, Gläser und Aschenbecher und stürzte damit in die Küche.

Unten klappte eine Autotür, gleich darauf klingelte es.

Tonio schoß ins Zimmer. »Bist du jetzt endlich fertig?« rief er in heller Verzweiflung.

»Ja«, sagte ich, »ich bin fertig, aber ich verschwinde

nicht durch die Hintertür, und im Schrank verstecke ich mich auch nicht.«

»Tu, was du willst!« schrie er mich an, und am liebsten hätte er mich wohl aus dem Fenster geworfen.

Er stellte den Plattenspieler ab und schaltete die Dekkenbeleuchtung ein.

Es klingelte, und diesmal brach der gellende Ton nicht ab.

»An Ihrer Stelle würde ich aufmachen.«

»Gottverdammte Weiber!« fluchte Tonio, lief in die Diele und drückte auf den Türöffner. Ich folgte ihm, zog meinen Mantel an und knöpfte ihn langsam zu.

»Wenn du jetzt verschwindest«, sagte Tonio bittend, »dann tust du mir damit einen großen Gefallen.«

Ich streifte mir die Handschuhe über – den linken, dann den rechten. Meine Wut auf den schönen Mann war stärker als meine Angst vor der rabiaten Frau.

»Das Dumme ist«, sagte ich, »daß ich Ihnen keinen Gefallen tun möchte.«

Die Fahrstuhltür klappte. Ich sah Tonio mit einem spöttischen Lächeln an. Er war unter seiner markanten Bräune blaß geworden, und auf seiner rechten Wange, in der Nähe des Ohres, prangte ein leuchtender Lippenstiftfleck.

»Luder«, zischte er, und dann riß er mit wahrem Todesmut die Tür auf.

»Wisch dir den Lippenstift ab«, sagte die Chefin, noch bevor sie die Schwelle überschritten hatte. Ihre Stimme klang gleichgültig.

»Lippenstift? Aber Margot... ich habe doch keinen...«

»Nun mach schon!«

Sie trat an ihm vorbei in die Diele. Ihr Nerzmantel war prachtvoll und ihre Selbstbeherrschung bemerkenswert.

»Kind«, sagte sie mit einem flüchtigen Blick auf mich, »Sie können den Mantel ruhig wieder ausziehen. Wenn hier jemand geht, dann ist es der da.«

Sie deutete auf Tonio, der sich mit einem Taschentuch im Gesicht herumfuhr.

»Vielen Dank«, sagte ich kalt, »aber ich möchte trotzdem gehen.«

»Dann gehen Sie. Komm ins Zimmer, Toni, es dauert nur ein paar Minuten.«

Er folgte ihr mit der tückischen Unterwürfigkeit eines Vorstadtköters. Die Tür blieb einen Spalt offen, und ich konnte der Versuchung nicht widerstehen, mein Gehen etwas hinauszuzögern.

Im Zimmer war es eine Weile still. Ich hörte das Klicken eines Feuerzeuges und dann, erst drei, vier Zigarettenzüge später, die Stimme Margot Friedmanns: »Du bist ein Dreckskerl, Anton Hubert, ein elender, charakterloser Dreckskerl. Und ich...« Ihre Stimme war vollkommen ausdruckslos, »ich bin durch dich ein elendes, charakterloses Weibsstück geworden. Das ist es, was ich dir nie und nimmer verzeihen werde. Pack deine Sachen und komm mir nicht mehr unter die Augen.«

»Aber Margot, du kannst doch wegen so einer Nichtigkeit...«

»Gib mir die Wohnungsschlüssel, Toni. Das Auto kannst du behalten. Ich habe es dir geschenkt.«

»Margot, so gib mir doch eine Chance...«

»Nein, Toni, nicht mehr. Aber verlaß dich darauf – du wirst noch genug Frauen finden, die dir die Chance geben werden, sie zu belügen und zu betrügen. Es gibt so viele alte, reiche, würdelose Frauen.«

Ich ging auf Zehenspitzen zur Tür, öffnete sie vorsichtig und schlüpfte hinaus. Mir war erbärmlich zumute. Während ich auf den Fahrstuhl wartete, schaute ich noch einmal zurück.

»Tonio Hubertus« prangte da auf einem großen goldenen Messingschild.

Und ich sah ihn noch einmal da stehen, entblößt bis auf den blendend weißen Slip, der mir das Allerletzte verbarg. Anton Hubert, das personifizierte Werbefoto für die Liebe, Abenteuer und Erfolg verheißende Unterhose.

Der Aristokrat

Es war eine kleine, aber standesgemäße Fête, die Walter Brünner, Besitzer der Zinoba-Werke, zu Ehren seines guten Freundes, Baron Schlehdorf-Eschen, veranstaltet hatte. Baron Schlehdorf-Eschen, kurz Manni genannt, wurde vierzig Jahre alt, und vierzig Kerzen spendeten ein feierliches Licht, brachten wertvolle Möbel, Teppiche und Bilder, markante Gesichter und kostbaren alten Familienschmuck voll zur Geltung.

Nur zehn Personen waren geladen, hauptsächlich Adelige, vom schlichten »von« angefangen bis zum einschüchternden Titel eines Prinzen. Bürgerlich waren nur die Gastgeber, Walter und Anneliese Brünner, das Mannequin Verena – Freundin des preußischen Junkers Gustav von Mankowitz – und ich.

Die Gesellschaft ließ sich trotz der vierzig Kerzen, des fünfzig Jahre alten schottischen Whiskys und der russischen Chorgesänge, mit der uns eine hervorragende Stereoanlage überflutete, recht langweilig an. Es wurde in echtem Weidmannsjargon über die Jagd gesprochen, über die bevorstehende Hochzeit eines italienischen Marquese mit einer österreichischen Baronesse und auch ein wenig über Landwirtschaft, denn der Freiherr von Mergensheim besaß beträchtliche Ländereien.

Mit den Blinis, die, als Vorspeise angesagt, schon den Appetit der Gäste geweckt hatten, mußte noch etwas gewartet werden, denn Graf und Gräfin Dettersloh waren immer noch nicht eingetroffen. Manni war darüber etwas ungehalten, aber die Hausfrau meinte mit nachsichtigem Lächeln: »Du kennst doch Sophia Dettersloh. Wenn sie schon fix und fertig angezogen ist, gefällt ihr das Kleid plötzlich nicht mehr.«

»Dettersloh?« fragte der Prinz. Er war eine Neuakquisition von Walter Brünner und daher noch nicht so vertraut mit dem Stammbaum der anwesenden Gäste. »Dettersloh... von welcher Linie?«

»Dettersloh-Lundhoff«, erklärte Manni, und Anneliese Brünner fügte noch eilfertig hinzu: »Die Detterslohs hatten damals einen prachtvollen Besitz in Ostpreußen.«

»Ach ja, natürlich«, sagte der Prinz, »meine Mutter war sogar sehr befreundet mit Alma Wittenberg, einer Kusine, glaube ich, des alten Grafen Dettersloh. Ich erinnere mich...«

Man erinnerte sich gemeinsam an Freunde und Verwandte, an Jagden und Feste, an Schlösser und Güter – an all das, was nur noch zum Teil oder gar nicht mehr vorhanden war. Bei Adalbert Dettersloh, dem zweitältesten Sohn des verstorbenen Grafen Karl-Wilhelm Dettersloh-Lundhoff, war, wie ich dem Gespräch entnahm, überhaupt nichts mehr vorhanden. Er, der, wie Anneliese Brünner immer wieder betonte, auf einem prachtvollen Besitz Ostpreußens aufgewachsen war, saß jetzt hinter dem Schreibtisch einer großen Automobilfirma.

»Es ist wohl mehr ein Repräsentationsposten«, meinte Gustav von Mankowitz, ein geschäftstüchtiger, junger Mann, der sich in irgendeiner Import-Export Firma schnell und steil emporgearbeitet hatte.

»Nun, was können Sie von dem guten Adi mehr verlangen?« fragte die Baronin Mergensheim, eine Dame mit scharfgeschnittenem, gescheitem Gesicht. »Er ist ein gutaussehender, charmanter Junge, aber nicht gerade mit Intelligenz und Fleiß gesegnet. Ein Glück, daß wenigstens noch Sophia ein ganz beachtliches Vermögen hat. Ich befürchte nur...«

Was die Baronin befürchtete, erfuhr ich nicht mehr, denn im selben Augenblick klingelte es, und das Gespräch wurde abgebrochen.

Graf und Gräfin Dettersloh waren ein gut aussehendes Paar. Beide groß und schlank, in den etwas zu lang und schmal geschnittenen Gesichtern ein anziehend dekadenter Zug, in Gang und Haltung eine angeborene Eleganz.

Wenn zwei Menschen zueinander passen, dachte ich im ersten Augenblick, dann sind es diese beiden. Aber gleich darauf merkte ich, daß ich mich geirrt hatte. Sie stimmten rein äußerlich überein, in ihrem Wesen aber waren sie grundverschieden. Während Adalbert laut und lebhaft die Gäste begrüßte und sich sofort mit routiniertem Charme und aalglatter Gewandtheit in Szene setzte, fiel Sophia durch ihre Zurückhaltung auf. Ihre melancholischen dunkelbraunen Augen gefielen mir weitaus besser als die strahlend blauen ihres Mannes, die mit flinkem, scharfem Habichtblick nach Beute Ausschau zu halten schienen. Die Beute war dann zwangsläufig ich, denn Verena hatte ihren Junker, Anneliese ihren Ehemann, und die Baronin Mergensheim kam gar nicht erst in Frage. Graf Adalbert Dettersloh ließ sich an meiner Seite nieder, überzeugt, mich mit seinem unwiderstehlichen Charme, seiner spritzigen Konversation, seiner ganzen bezwingenden Nähe zu beglücken, zu erschüttern, zu erobern. Da ich aber seinen Charme nicht unwiderstehlich fand, seine Nähe nicht bezwingend und seine Konversation alles andere als spritzig, stieß er auf ihn befremdende Schwierigkeiten. Nach längerem Nachsinnen fand er dann schließlich des Rätsels Lösung und erklärte: »Sie ist eine typische Intellektuelle. Sie ist skeptisch, kritisch und beherrscht, stimmt's?«

»Genau das ist sie«, sagte ich in derart spöttischem Ton, daß er ihm eigentlich hätte auffallen müssen. Da er aber, wie schon die Baronin bemerkt hatte, nicht mit großer Intelligenz gesegnet war, fiel er ihm nicht auf.

»Und trotzdem«, fuhr er fort und stürzte sich damit kopfüber in den Abgrund tiefster Banalität, »trotzdem ist sie eine heißblütige Frau, ein Vulkan vor dem Ausbruch, ein Meer vor dem Sturm...«

»Nun hören Sie schon auf«, unterbrach ich sein peinliches Palaver.

»Sehen Sie mich an«, forderte er mit so eindringlicher

Stimme, daß ich ihm verdutzt den Kopf zu wandte. Er senkte einen tiefen blauen Blick in meine Augen, und da mir das noch peinlicher war als seine Worte, schaute ich schnell wieder weg.

»Nicht wegsehen«, befahl er und legte eine Hand auf meine Schulter, »mich ansehen!«

»Ich bitte Sie«, sagte ich ärgerlich, »lassen Sie das doch.«

»Sie hat Angst vor ihren Gefühlen, nicht wahr?«

»Tödliche Angst.«

Ich entledigte mich seiner Hand, indem ich mich vorbeugte und nach meinem Glas griff. Während ich trank, warf ich einen verstohlenen Blick auf die Gräfin. Sie saß, gelassen und schön anzusehen, in einem Sessel und unterhielt sich mit Manni. Das taktlose Benehmen ihres Mannes schien ihr gar nicht aufzufallen. Wahrscheinlich war sie schon daran gewöhnt, oder es war ihr gleichgültig, wie ihr überhaupt alles gleichgültig zu sein schien.

Die kleine, aber standesgemäße Fête spulte sich nach festgesetzten Regeln ab: dem fünfzig Jahre alten schottischen Whisky folgte französischer Champagner. Den vorzüglichen Blinis folgte ein erlesenes kaltes Büfett. Den russischen Chorgesängen folgte spanische Gitarrenmusik. Nur die Gespräche blieben immer die gleichen und ebenso der Graf, der nicht von meiner Seite wich, und die Gräfin, die indifferent in ihrem Sessel verharrte.

Nach Mitternacht machte sich eine gewisse Ausgelassenheit unter den Gästen bemerkbar. Der Alkohol hatte seine Pflicht und Schuldigkeit getan. Die Stimmen wurden lauter, die Bewegungen unsicherer, die Augen starrer und die Umgangsformen lockerer. Die spanische Gitarrenmusik ging in Tanzmusik über. Graf Dettersloh erhob sich als erster. Er schloß mich fest in die Arme und fühlte sich als Erdstoß, der den Vulkan zum Ausbruch bringt, als Sturm, der das Meer aufpeitscht.

»Wir passen zueinander«, flüsterte er mir ins Ohr, »merken Sie das?«

»Nein«, flüsterte ich zurück.

»Natürlich merken Sie es. Aber Sie versuchen, Ihre Gefühle mit dem Verstand zu beherrschen. Sie brauchen einen Mann, der die Schleusen öffnet. In Ihnen brodelt es.«

»Das ist der Champagner«, sagte ich und lachte.

Die Gräfin tanzte mit dem Prinzen. Sie lächelte abwesend ins Leere. Einmal schaute sie über die Schulter des Prinzen auf den Rücken ihres Mannes. In ihr Gesicht kam ein mokanter Ausdruck. Ich genierte mich und erklärte, müde zu sein und mich setzen zu wollen.

»Sie wollen doch nur wieder Ihren Gefühlen davonlaufen.« Der Graf preßte mich noch fester an sich.

Ich befreite mich mit einem heftigen Ruck aus seiner Umschlingung. »Da sind keine Gefühle«, sagte ich.

Manni trat auf uns zu. »Ich hoffe, du hast nichts dagegen«, sagte er zum Grafen und begann, mit mir zu tanzen.

»Ich kann nichts dafür«, versicherte ich. »Er fühlt sich berufen, meine nicht vorhandenen Gefühle zu wecken.«

»Dazu fühlte er sich bei jeder berufen.«

»Und seine Frau?«

»Sophia hat längst resigniert. Es ist ein Jammer. Sie ist viel zu schade für ihn.«

»Haben die beiden Kinder?«

»Ja, eine vierjährige Tochter.«

»Er ist dumm wie die Nacht«, sagte ich. »Sophia auch?«

»Ich fürchte nein.«

»Manni, ich möchte jetzt gehen. Bestell mir doch bitte ein Taxi.«

»Warte noch ein bißchen, dann gehen wir zusammen.«

»Nein, mir langt's.«

»Also schön.«

Er bestellte mir ein Taxi, und ich verabschiedete mich.

»Sie wird doch noch nicht gehen«, protestierte der Graf.

»Doch, sie wird.«

Er folgte mir in die Halle hinaus. »Bleiben Sie noch länger in Hamburg?«

»Nein, ich fliege morgen zurück.«

»Bleiben Sie doch noch einen Tag.«

»Auf keinen Fall. Sie wissen doch, ich fliehe vor meinen Gefühlen.«

Vermutlich nahm er es ernst. Er senkte wieder einen tiefen blauen Blick in meine Augen, dann nahm er meine Hand und küßte die Innenfläche.

»Stehen Sie im Telefonbuch?«

»Ja.«

»Wenn ich mal in Ihre Gegend komme, werde ich mich melden«, versprach er.

Einige Wochen darauf kam er in meine Gegend und meldete sich: »Wie geht es meiner verehrten Intellektuellen? Versucht sie immer noch, ihre Gefühle unter Kontrolle zu halten?«

»Wenn ich seine Stimme höre, gehen die Gefühle mit mir durch«, lachte ich.

»Sie Zynikerin, darf ich Sie sehen?«

»Wann?« fragte ich, um Zeit zu gewinnen.

»Heute abend, zum Beispiel. Wir könnten zusammen essen gehen.«

Ich war immer noch unentschlossen. Sicher würde es ein recht langweiliger Abend werden, aber andererseits – er war ein gutaussehender Mann, und ich hatte nichts Besseres vor.

»Also schön«, willigte ich ein, »heute abend.«

Er holte mich um halb acht ab. In der Hand hatte er das Prachtexemplar einer einzigen roten Rose, in den blauen Augen ein siegessicheres Leuchten. Er war bis in meine Wohnung vorgedrungen, zweifellos würde er versuchen, noch weiter vorzudringen.

»Hübsch wohnt sie hier«, erklärte er, »und schön sieht sie aus. Noch schöner, als ich sie in Erinnerung gehabt habe.«

Er trat auf mich zu und machte Anstalten, mich in die Arme zu nehmen. Ich wich ein paar Schritte zurück.

»Lieber Graf...«, begann ich.

»Adi«, verbesserte er.

»Graf klingt viel hübscher, aber bitte schön... lieber Adi, ich fürchte, wir haben uns beide ganz verschiedene Vorstellungen von dem Verlauf dieses Abends gemacht. Ich wollte lediglich mit Ihnen essen gehen.«

»Und ich wollte Ihnen lediglich einen Begrüßungskuß geben.«

»Das ist sehr reizend von Ihnen, aber nicht unbedingt erforderlich. Möchten Sie einen Whisky?«

»Ja, gerne.«

Ich holte den Whisky und goß uns ein – mir nur einen kleinen Schluck.

»Fürchten Sie einen Schwips?« fragte er.

»Nein, meinen Magen.«

»Heute wird nichts gefürchtet!« Er griff nach der Flasche und goß mir nach: »Also cheerio!«

Das Glas in der Hand, wandte er sich mir zu. Ich wußte, daß er wieder einen seiner blauen, bedeutungsvollen Blicke anzubringen versuchen würde, und darum hielt ich die Augen hartnäckig gesenkt.

»Sehen Sie mich an«, sagte er prompt.

»Ich sehe niemand auf Kommando an«, erklärte ich, »und schon gar nicht, wenn er sich vorher in Pose setzt.«

»Haben Sie den Eindruck, daß ich mich etwa in Pose gesetzt hätte?«

»Dauernd«, sagte ich mit einem Achselzucken. »Sie gehen nach einem ganz bestimmten Schema vor, und wahrscheinlich haben Sie schon viel Erfolg damit gehabt. Aber ich finde jedes Schema, jede Routine langweilig.«

»Herrgott noch mal, ist sie aber eine schwierige Frau! Ist sie immer so?«

»Das kommt auf den Mann drauf an.«

»Haben Sie einen Mann?«

»Von Zeit zu Zeit.«

»Leben Sie hier ganz allein?«

»So ist es.«

»Und wer hat den zweiten Wohnungsschlüssel?«

»Meine Putzfrau.«

»Und Manni?«

»Manni? Ich weiß nicht, wer Mannis zweiten Wohnungsschlüssel hat.«

»Ich dachte...«

»Denken will gelernt sein.«

Er legte eine schmale, langfingrige Hand auf mein Knie.

»Eine schöne Hand«, sagte ich. »Wo wollen wir essen gehen?«

»Wo Sie wollen.«

Er legte den Arm um meine Schultern.

»Gehen wir«, sagte ich.

»Vorher habe ich noch einen Wunsch.«

»Und der wäre?«

»Ich möchte Sie küssen.«

»Dieses Thema haben wir bereits durchgesprochen. Ich sagte, ich möchte lediglich mit Ihnen essen gehen.«

»Sie gefällt mir außerordentlich«, seufzte er, »aber das scheint nicht auf Gegenseitigkeit zu beruhen. Schade!«

Ich sah ihn an. –

Ja, dachte ich, schade! Er sieht so gut aus, und wenn er stumm wäre, würde ich ihm ganz sicher mehr als einen Kuß geben. Aber leider ist er nicht stumm.

Graf Dettersloh war nicht nur nicht stumm, er war ungeheuer gesprächig. Ich hatte auf diesem Gebiet schon viel erlebt, insbesondere als Männer, der allgemeinen Meinung widersprechend, oft weitaus gesprächiger sind als Frauen. Aber der Graf, obgleich er wenig Interessantes und überhaupt nichts Bedeutendes zu sagen hatte, bereicherte meine Erfahrung an männlicher Schwatzhaftigkeit. Dazu kam, daß er erstaunlich viel trank – vor dem Essen, zu dem Essen und erst recht nach dem Essen – und daß der Alkohol sein Mitteilungsbedürfnis bis zum Exzeß steigerte. Als wir schließlich in einem Nachtlokal landeten – dem teuersten und versnobtesten, das in der Stadt aufzutreiben war –, kannte ich seine Lebensgeschichte bis ins Detail. Ich muß gestehen, daß ich sie kaum gehört auch schon wieder vergessen hatte und mich gewissenhaft nach Dingen erkundigte, die er mir längst mitgeteilt hatte. Aber das fiel ihm nicht weiter auf. In dem Nachtlokal, in dem es eine reiche Auswahl an reizvollen Dekolletés, goldbeknopften Blazern und gepflegten, leeren Gesichtern gab, saßen wir an der vollbesetzten Bar. Graf Adalbert war Blickpunkt vieler hübscher Mädchen und mißgünstiger Männer. Man vermutete, was auch ich vermutet hätte, wenn er stumm gewesen wäre, daß bei diesem erstklassig aussehenden Mann etwas Besonderes, etwas Gehaltvolles dahintersteckte.

»Eine Flasche Schampus«, meinte der Graf, »wäre jetzt wohl das richtige.«

»Bitte schön«, sagte ich, obgleich mir die Bezeichnung Schampus die letzte Sympathie für dieses sodbrennenerregende Getränk raubte. Aber ich war eines Widerspruchs kaum noch fähig. Das üppige Essen, der viele Alkohol und nicht zuletzt das nicht endenwollende Geschwätz des Grafen hatten mich zermürbt. Wenn er nach wie vor seinen blauen Blick in meine Augen tauchte, wenn er mein Bein, meinen Nacken, meine nackten Arme streichelte, wenn er hin und wieder meine Wange küßte und hoffte, meinen Mund zu treffen, ließ ich es indifferent geschehen.

Als wir die Flasche Schampus zur Hälfte geleert hatten – er drei Gläser, ich eins –, begann er mich ins Vertrauen zu ziehen. »Meine Ehe«, gestand er mir, »klappt schon seit langem nicht mehr. Es ist ein Unsinn, sie aufrechtzuerhalten. Aber da ist das Kind, und Sophia ist eine so anständige Person. Sie braucht mich, sie kann ohne mich nicht leben.«

»Glauben Sie das wirklich?«

»Ich bin davon überzeugt, und darum zögere ich auch immer noch mit der Scheidung. Aber eines Tages wird es wohl sein müssen.«

»Wie lange sind Sie verheiratet?«

»Sieben Jahre, Herrgott noch mal, sieben Jahre! Und eigentlich hatte ich eine ganz andere heiraten wollen.«

»Und warum haben Sie das nicht getan?«

»Ihre und meine Familie waren dagegen. Sie hatte auch alles verloren, und wir waren arm wie die Kirchenmäuse. Nun ja, und das habe ich schließlich eingesehen. Raum ist in der kleinsten Hütte, das wäre nichts für uns gewesen, das wäre schiefgegangen. Aber sie war ein Mädchen mit Pfeffer und bildschön!«

»Ich finde Ihre Frau auch sehr schön und sehr nobel.«

»Ja, ja, bei so viel Noblesse kommt der Sex zu kurz. Sophia ist ausgesprochen frigide.«

»Mit solchen Äußerungen würde ich vorsichtig sein. Ihr Männer nennt eine Frau sehr schnell entweder frigide oder, wenn sie es daraufhin bei anderen Männern versucht, nymphoman. Haben Sie daran schon mal gedacht?«

Er sah mich einen Augenblick groß an, dann lachte er: »Glauben Sie mir, ich weiß aus Erfahrung, daß andere Frauen bei mir ganz normal reagieren.«

»Das, mein Lieber, ist noch lange kein Beweis. Ihre Frau würde bei einem anderen Mann vielleicht auch ganz normal reagieren. Und wer weiß, womöglich tut sie es schon.«

»Sophia? Ach, du lieber Himmel! Ihr sind die Männer so gleichgültig wie mir dieser Aschenbecher hier. Sie ist froh, wenn sie allein sein und in unserem Haus auf Sardinien die Zeit verträumen kann.«

»Sie haben ein Haus auf Sardinien?«

»Ja, seit zwei Jahren ... ein sehr hübsches Haus. Wollen wir mal zusammen hinfahren?«

»Nein, bei Gott nicht!«

»Warum? Sonne, Meer und Liebe. Oder ist sie auch frigide?«

»Sie haben es erraten. Ist Ihre Frau oft auf Sardinien?«

»Im ersten Jahr drei Monate, im zweiten sechs. Ich bin gespannt, ob sie diesmal neun Monate wegbleibt.«

»Nun, das kann für Sie ja nur von Vorteil sein. Ihre Frau ist frigide, Ihre Ehe klappt nicht, und Sie können Ihre Erfahrungen bei anderen Frauen noch erweitern ...«

»Da haben Sie recht. Nur möchte ich endlich mal ein weibliches Wesen, mit dem ich Tisch und Bett nach Belieben teilen kann. Und außerdem möchte ich ein fröhliches Gesicht sehen und nicht immer diese bedrückte, griesgrämige Miene. Was fehlt denn dieser Frau, Herrgott noch mal? Nichts fehlt ihr! Sie hat Geld, eine schöne Wohnung, ein Haus auf Sardinien, ein Kind... Sie ist hübsch, gesund, verhältnismäßig jung, intelligent! Nun sagen Sie mir, was will sie eigentlich noch?«

»Einen Mann vielleicht, mit dem sie das alles genießen kann. Und mit Ihnen kann sie es offenbar nicht.«

»Na schön, dann soll sie sich einen anderen suchen. Meinen Segen hat sie.«

»Noch ist nicht aller Tage Abend. Vielleicht findet sie einen anderen.«

»Ich fürchte, nein... Kommen Sie, tanzen wir! Das Leben hat mehr zu bieten als schlechte Ehen.«

Er brachte mich, da er wahrlich sehr viel getrunken hatte, mit dem Taxi nach Hause.

»Ich habe dringend einen Kaffee nötig«, erklärte er, »darf ich bei ihr einen trinken?«

»Nein, das dürfen Sie nicht.«

Als wir vor dem Haus hielten, bezahlte er den Fahrer.

»Hören Sie...«, begann ich, aber er legte den Finger auf die Lippen und schüttelte eindringlich den Kopf. Da ich mich vor dem Taxichauffeur nicht in eine unmißverständliche Diskussion einlassen wollte, schwieg ich. Erst als wir ausgestiegen waren, sagte ich: »Sie bleiben genauso lange, bis ich ein anderes Taxi bestellt habe.«

»Aber ja«, beschwichtigte er und glaubte mir kein Wort.

Kaum waren wir in der Wohnung, überfiel er mich mit langen gelenkigen Armen und unangenehm nassen Lippen. Da ich nüchtern war und er nicht, gelang es mir, ihm zu entkommen.

»Sie ist grausam«, stellte er fest.

»Und Sie benehmen sich wie ein Halbstarker in Sexualnöten.«

»Ich möchte doch nur einen Kaffee bei Ihnen trinken.«

»Sie wenden die primitivsten Mittel an. Machen es Ihnen die Frauen tatsächlich so leicht?«

Er lächelte vielsagend.

»Erstaunlich«, sagte ich kopfschüttelnd und ging zum Telefon.

»Ich möchte mich noch ein bißchen mit Ihnen unterhalten«, bat er. »Sie haben mir gar nichts über sich erzählt.«

Ich mußte lachen. »Selbst wenn ich es gewollt hätte«, sagte ich, »hätte ich keine Gelegenheit dazu gehabt.«

»Habe ich etwa so viel geredet?«

»Aber nein, ganz und gar nicht.«

Als ich, den Hörer am Ohr, das Taxi bestellte, versuchte er, mich von hinten zu umfassen.

»Das wird jetzt langweilig«, erklärte ich, nahm ihn bei der Hand und führte ihn zur Tür. »Gehen Sie schon hinunter, das Taxi wird in zwei Minuten da sein.«

»Sie ist ein eigensinniges Geschöpf«, klagte er. »Wenn sie endlich mal den Mut hätte, ihren Gefühlen freien Lauf zu lassen...«

Er ging in der beruhigenden Gewißheit, daß es mir an Mut und nicht etwa an Gefühlen gefehlt hatte.

Etwa ein halbes Jahr später rief mich Manni an.

»Übrigens«, sagte er im Verlauf der Unterhaltung, »unser gemeinsamer Freund Adalbert Dettersloh ist gerade noch mal davongekommen.«

»Was meinst du damit?«

»Er hat eine Überdosis Schlaftabletten genommen, und die ist ihm schlecht bekommen.«

»Warum, um Gottes willen, hat er denn das getan?«

»Wegen der Scheidung vermutlich. Er wollte sie unter allen Umständen verhindern.«

»Du, jetzt verstehe ich überhaupt nichts mehr!«

»Na, Sophia will sich doch von ihm scheiden lassen, und da hat er anscheinend die Nerven verloren.«

»Moment mal«, rief ich, »da stimmt doch was nicht! Nach allem, was er mir erzählt hat, wollte er sich von Sophia scheiden lassen, fürchtete aber, daß sie die Nerven verlieren würde.«

»Das hätte ihm zweifellos besser gepaßt«, sagte Manni und lachte schallend. »Aber da hat er sich endlich mal gründlich verrechnet.

Ich war sehr überrascht, als einige Wochen darauf ein Anruf von Graf Dettersloh kam.

»Ach«, sagte ich, »Sie leben noch?«

Auf diese unpassende Bemerkung folgte eine längere, betretene Pause.

»Hat man Sie schon über alles informiert?« erkundigte er sich schließlich.

»Nein«, sagte ich, um ihm und mir peinliche Erklärungen zu ersparen, »ich weiß von nichts.«

Ich hatte ganz offensichtlich falsch getippt, denn sein Mitteilungsdrang schreckte selbst vor peinlichen Erklärungen nicht zurück.

»Falls Sie es wirklich noch nicht wissen sollten«, sagte er, »ich sitze seit Monaten in der Tinte. Und in was für einer, Herrgott noch mal!«

»Jeder sitzt mal...«, begann ich, aber er ließ mich gar nicht erst aussprechen.

»Ich bin ganz in Ihrer Nähe«, erklärte er, »und da ich morgen schon wieder weiterfahre, würde ich mich gerne heute abend mit Ihnen unterhalten. Sie sind doch eine gescheite Frau, und ich bin am Ende meiner Weisheit.«

»Ich habe Zeit«, sagte ich mehr aus Neugierde als aus Hilfsbereitschaft, »kommen Sie zu mir.«

Er kam – ohne rote Rose diesmal und ohne das Leuchten in den blauen Augen. Er war abgemagert, und auch sein Gesicht schien zusammengeschrumpft. Es war blaß, müde und gefurcht. Aus dem hübschen dummen Jungen war, äußerlich wenigstens, ein interessant aussehender Mann geworden.

Er versuchte nicht, mich an sich zu reißen und mit eindringlichem Blick und törichten Worten auf meine erstarrten Gefühle anzuspielen. Er küßte mir lediglich die Hand, und dann, als wir ins Zimmer gingen, legte er freundschaftlich den Arm um meine Schultern. Es war das erste Mal, daß er die Rolle des forschen Draufgängers abgelegt hatte, und es war das erste Mal, daß er mir sympathisch war.

»Was möchten Sie trinken?« fragte ich. »Whisky, Kognak, Wodka...«

»Wodka, bitte.«

Als ich mit der Flasche in Zimmer zurückkehrte, sagte er: »Ich bin seit einem Monat geschieden.«

»Ach«, bemerkte ich, »das ging aber schnell.«

»Ja, meiner lieben Frau konnte es gar nicht schnell genug gehen.«

Einen Moment lang war ich versucht, ihn daran zu erinnern, daß er ja selber die Scheidung gewünscht hatte. Aber dann, in Anbetracht seiner offensichtlichen Verzweiflung, unterließ ich es und goß ihm statt dessen einen großen Wodka ein.

»Ich habe mein möglichstes getan, um sie davon abzubringen«, sagte er, »aber sie hat sich ganz plötzlich in eine Furie verwandelt. Vernünftigen Argumenten ist sie gar nicht mehr zugänglich.«

Ich schwieg und reichte ihm das Glas. Er kippte den Wodka in einem Zug hinunter, dann griff er selber nach der Flasche und goß sich ein.

»Ein Leben mit mir sei kein Leben, hat sie behauptet. Das sei eine traurige Maskerade, ein elendes Dahinvegetieren. Ob ich schon jemals bewußt gesehen, gehört, gefühlt, erlebt hätte, hat sie mich gefragt. Sie jedenfalls hätte es in den Jahren mit mir verlernt. Wenn sie die Minuten zählen sollte, in denen sie auch nur annähernd glücklich gewesen sei, dann würde sie wohl kaum eine volle Stunde zusammenbringen. Ich sei ihr ebenso fremd gewesen wie der Tankwart an der Ecke – nein, fremder noch. Denn mit dem Tankwart, der eigentlich Lehrer hatte werden wollen, hätte sie sich ab und zu noch über Kindererziehung unterhalten können.«

Er trank seinen zweiten Wodka aus und starrte schweigend in das leere Glas.

»Und jetzt lernt Ihre Frau wieder sehen, hören und fühlen?«

»Tag und Nacht«, sagte er grimmig.

»Haben Sie wirklich nie an diese Möglichkeit gedacht?«

Jetzt zögerte er und griff nach einer Zigarette.

»Wenn Sie lieber nicht darüber sprechen wollen ...«

»Ich will nicht darüber sprechen, aber ich muß. Talk it out of my system – wie die Amerikaner sagen. Und trotzdem werde ich es nicht los! Da lebt man sieben Jahre mit einer Frau zusammen und glaubt sie in- und auswendig zu kennen. Und dann, eines Tages, innerhalb einer Stunde stellt man fest, daß man höchstens ihre Kleider gekannt hat, ihr Parfum, vielleicht ihren Körper ...« Er schlug sich mit der flachen Hand an die Stirn: »Nein, ich habe nicht an diese Möglichkeit gedacht, nicht bei einer Frau wie Sophia!«

»Kennen Sie den Mann?«

»Mann, Unsinn! Ein Bürschlein, fünf Jahre jünger als sie, ein Bürschlein mit schwarzem, schön gestutztem Bart, dem Profil eines Jesus Christus und dem Körper einer mageren Katze. Halb Heiliger, halb Tier. Gigi, ein waschechter Sarde, der Gitarre spielen kann und singen. Liebeslieder, bei Vollmond, unter dem Fenster seiner Geliebten. Das kann ich natürlich nicht, und das ist mein großer Nachteil. Ein Gigi mit Glutaugen und Gitarre muß man sein, um einer frigiden Frau Sehen, Hören und Fühlen beizubringen.«

Jetzt griff ich nach der Flasche, goß mir einen Wodka ein und trank ihn in einem Zuge aus.

»Seine Eltern«, fuhr der Graf bitter fort, »haben ein kleines Lokal. Sehr volkstümlich, sehr romantisch! Die Mutter kocht, die Schwester bedient, der Vater trinkt mit den Gästen, und der Sohn singt. Die Touristen oder, besser gesagt, die Touristinnen sind begeistert. Als ich das erste Mal mit Sophia da war, wollte sie gar nicht wieder weg. Wahrscheinlich sind ihr da bereits die Augen, Ohren und Herz aufgegangen.«

»Es wird eine vorübergehende Sache sein«, sagte ich lahm.

»Eben nicht! Als sie voriges Jahr sechs Monate auf Sardinien war, lief die Geschichte schon auf vollen Touren, und als sie nach Deutschland zurückkam, war sie alles andere als beendet. Mitunter fiel mir auf, daß Sophia verändert war, besser gesagt, noch verschlossener, noch depressiver. Sie wollte keinen Menschen mehr sehen, sie wollte nicht mehr ausgehen. Sie sah elend aus und schluckte andauernd irgendwelche Beruhigungstabletten. Tag für Tag saß sie in ihrem Zimmer und hörte Schallplatten, vorwiegend natürlich italienische. Manchmal war sie in einem so wirren Zustand, daß ich fürchtete, sie würde sich etwas antun.«

»Und Sie, Sie haben nichts dagegen unternommen?«

»Was sollte ich denn unternehmen? Es war nicht mehr an sie heranzukommen. Es war kein vernünftiger Satz aus ihr herauszuholen. Wenn ich sie fragte, was mit ihr los sei, dann sagte sie, sie sei in einer schlechten Phase. Wenn ich sie auch nur berührte, wurde sie hysterisch. Wenn ich ihr vorschlug, zu einem Arzt zu gehen, erklärte sie, kein Arzt der Welt könne ihr helfen. Im Februar wurde es dann besser mit ihr – Kunststück! Anfang März packte sie die Koffer und fuhr mit Alexandra, unserer Tochter, nach Sardinien. Ab und zu schrieb sie mir eine bunte Postkarte: daß sie und das Kind gesund und glücklich wären. Daß die Sonne schiene und das Meer rausche und die Feigen schon reif würden. Ende Mai kam ein Telegramm, in dem sie mir mitteilte, daß sie am soundsovielten um soundsoviel Uhr in Hamburg eintreffen würde. Na ja, und dann, kaum waren wir in der Wohnung, eröffnete sie mir, daß sie sich scheiden lassen wolle. Den wahren Scheidungsgrund ließ sie mich natürlich nicht wissen. Sie sagte nur, daß sie in dieser grauen Stadt, dieser trostlosen Atmosphäre, diesem Kreis leerer, abgestumpfter Menschen nicht mehr leben könne. Sie wolle zurück zur Natur, in anderen Worten, zurück zu Gigi. Aber das mit Gigi erfuhr ich erst nach tagelangem Kreuzverhör. Da brach sie dann schließlich zusammen und gestand. Ich werde dieses Geständnis nie vergessen – nie! Sie sagte, ich solle ja nicht glauben, daß ihre Beziehung zu Gigi nur eine sexuelle Affäre sei. Es sei die Erfüllung – ja, solche Worte nahm sie in den Mund –, es sei die endlich gestillte Sehnsucht von Herz, Seele und Körper! Von jetzt ab wolle sie nur noch auf Sardinien leben – ein einfaches, klares, volles Leben, ein Leben ohne läppische Parties, ohne verlogenes Geschwätz und sinnlos vergeudete Stunden.«

Er sah mich an wie ein Kind, dem man soeben gesagt hat, daß der weißbärtige liebe Gott ein böser alter Mann sei.

»Verstehen Sie das alles?« fragte er schließlich.

»Was ist daran nicht zu verstehen?«

»Na hören Sie!« rief er bestürzt. »Eine vierunddreißigjährige Frau mit Mann, Kind, Verpflichtungen, Niveau, Ansehen und so weiter läßt plötzlich alles liegen und zieht sich mit einem erbärmlichen kleinen Liebhaber auf eine einsame Insel zurück. Sie hat den Verstand verloren, das ist es!«

»Wenn es Ihnen hilft, glauben Sie ruhig, daß sie den Verstand verloren hat.«

»Das hat nichts damit zu tun, aber ich kann es mir so erklären. Ich habe gedroht, ihr das Kind zu nehmen. Ihre Eltern haben gedroht, sie zu enterben. Sie war verzweifelt, gewiß, aber an ihrem Entschluß hätte sich trotzdem nichts geändert. Und so etwas können Sie verstehen?«

»Ich kann verstehen, daß eine Frau, die seit Jahren

sehr unglücklich ist, alles im Stich läßt und dahin geht, wo sie glaubt, glücklich zu werden.«

»Zu einem Gigi auf eine Insel...«

»Oder zu einem Grafen auf ein Schloß oder zu einem Cowboy in die Prärie... darum geht es doch gar nicht. Es geht nur um das, was Ihre Frau die Erfüllung genannt hat. Und wo man die findet, ist ganz gleich.«

»Aber Sie nehmen doch nicht im Ernst an, daß sie plötzlich, wo auch immer, die Erfüllung findet!«

»Es wäre ein großer Glücksfall, das gebe ich zu, aber vielleicht... auf jeden Fall wünsche ich's ihr.«

Er sah mich vorwurfsvoll an, dann schüttelte er den Kopf: »Sie wird eine große Misere finden, sonst nichts. Sie wird zu mir zurückkommen, ebenso schnell wie sie gegangen ist. Und ich werde sie wieder aufnehmen, denn im Grunde... ich habe es nicht gewußt, aber jetzt weiß ich es: Ich liebe Sophia.«

Er lächelte versonnen durch mich hindurch. Da irgendwo stand sie, die schöne Sophia, die verlorene Frau, die neu entdeckte Geliebte.

Der Tyrann

Das Telefon klingelte mit schriller Beharrlichkeit. Nach dem achten Mal nahm ich erbittert den Hörer ab.

»Hallo, Schatz...«, sagte Wolfgang Schlehdorf mit matter Stimme, »hast du etwa schon geschlafen?«

»Um zwei Uhr nachts schlafe ich gewöhnlich.«

»Dann sprechen wir lieber morgen vormittag, ja?«

»Das könnte dir so passen, erst mich wecken, dann nicht sprechen... was ist los?«

»Mir ist etwas Entsetzliches passiert!«

»Was denn nun schon wieder!?«

»Ich bin erledigt...« Jetzt flüsterte er, sein berühmtes Bühnenflüstern, das auch die letzten Rangreihen eines großen Theaters erreichte. »Ich bin von einer Minute zur anderen ein Krüppel geworden. Ich kann mich nicht mehr rühren... ein Schauspieler, der sich nicht mehr rühren kann, was sagst du dazu?«

»Na, schön ist anders.«

»Du, ich habe Schmerzen, daß ich die Engel singen höre. Jede Bewegung eine Tortur. Ich liege da wie ein Fakir auf dem Nagelbrett.«

»Hattest du einen Unfall?«

»Einen Bandscheibenschaden!« triumphierte er.

»Den hat doch heutzutage fast jeder.«

»Ja, aber zwischen Bandscheibenschaden und Bandscheibenschaden ist ein gewaltiger Unterschied. Ich habe keinen gewöhnlichen, keinen, der sich, knacks, wieder einrenken läßt.«

»Was läßt sich bei dir schon, knacks, wieder einrenken!«

»Du bist ja gar nicht richtig wach«, beklagte er sich. Die Möglichkeit, daß ich seinen Bandscheibenschaden nicht so ernst nehmen könne, kam ihm wohl gar nicht in den Sinn.

»Doch, doch, ich bin ganz wach, aber ich glaube, oder vielmehr hoffe, daß du ein wenig übertreibst.«

»Schön wär's! Aber ich übertreibe nicht. Der Arzt hat erklärt, daß so etwas Wochen dauern kann, und dann bin ich immer noch nicht ausgeheilt. In ein paar Jahren, meint er, würde ich nur noch am Stock gehen können, und das Ende wäre dann der Rollstuhl.«

»Ein reizender Arzt.«

»Es ist so, Schatz. Bei mir hat es einen ganz prekären Wirbel getroffen, den neunten glaube ich, von oben gezählt. Vor fünf Tagen, mitten in den Proben zu ›Keine Angst vor Virginia Woolf‹ ist es passiert. Ich lasse mich in einen Sessel fallen und im selben Moment: ein irrsinniger Schmerz, und aus ist es! An Aufstehen war gar nicht mehr zu denken. Man mußte mich tragen, stell dir das vor! Man mußte mich ausziehen und ins Bett legen!«

»Fürchterlich!« sagte ich, und jetzt war ich ehrlich betroffen.

»Ja, und seither kann ich mich nicht mehr bewegen. Ich bin erledigt... mit neunundvierzig Jahren erledigt!«

»Wer kümmert sich denn nun um dich?«

»Na, wer wohl? Elke, dieses kleine Miststück. Du kennst sie doch, oder?«

»Nein. Immer wenn ich sie kennenlernen sollte, hattest du dich gerade von ihr getrennt. Aber dafür hast du mir Abende lang von ihr erzählt und nicht gerade sehr schmeichelhafte Geschichten.«

»Da gibt es auch nichts Schmeichelhaftes zu erzählen. Sie ist ein typisches Starlett, ein unerzogenes kleines Proletenkind. Und so einem Geschöpf mußte ich, ausgerechnet ich, sexuell verfallen!«

»Wolfgang, du solltest nicht so abscheulich über sie reden. Immerhin lebst du mit ihr zusammen...«

»Zusammen? Ausgeliefert bin ich ihr, angewiesen auf ihre Hilfe und Barmherzigkeit. Was für ein gottverdammter Zustand!«

»Du könntest ja in ein Krankenhaus gehen.«

»Ja, das fehlte gerade noch! Das würde diesem kleinen Biest so passen! Dann könnte sie nach Herzenslust faulenzen und mich betrügen. Nein, so leicht mache ich's ihr nicht. Als ich gesund war, hat sie in jeder Beziehung von mir profitiert, jetzt bin ich an der Reihe. Sie wird mich pflegen, bis über Stock und Rollstuhl hinaus!«

»Na schön, tu, was du willst, aber sprich nicht so ekelhaft darüber!«

»Ich habe dich immer für meine Freundin gehalten«, beklagte er sich, »und mit einer Freundin, dachte ich, kann man offen sprechen.«

»Du sprichst nicht, du keifst...« Ich seufzte und wünschte, er würde jetzt endlich Schluß machen.

Er war ein herrlicher Schauspieler, aber wie meistens in solchen Fällen ein unerträglicher Mensch. »Kommst du mich morgen besuchen?« fragte er erwartungsvoll.

»Ja«, sagte ich, »natürlich.«

»Zum Abendessen. Elke kann zwar noch nicht mal kochen, aber... na, du wirst ja sehen, was ich hier durchmachen muß...«

Elke, in rotem Rock, schwarzen Strümpfen und Rollkragenpullover, öffnete mir die Tür. Sie begrüßte mich mit einer rührenden Mischung aus Zutraulichkeit und Scheu. Ich wurde an einen kleinen Hund erinnert, den man schlecht behandelt, der aber doch immer wieder ein freundliches Wort erhofft. Da ich ein dummdreistes, affektiertes Filmsternchen befürchtet hatte, war ich angenehm überrascht, ein ganz natürliches junges Mädchen vorzufinden. Sie hatte einen feingliedrigen, aber wohlgerundeten Körper und das weiche, überaus zarte Fleisch einer gekochten Forelle. Ich hatte noch nie ein so helles, durchsichtig blasses Wesen gesehen. Ihre Haut, ihre Augen, ihre Haare, ihre Lippen – alles war blaß. Ich hatte plötzlich das Gefühl, daß sie dem Grund eines Sees entstiegen sei. Sie hatte etwas von einer Wasserpflanze.

Sie nahm mir den Mantel ab, einen Biberpelz, drückte ihn einen Augenblick zärtlich an sich und hängte ihn dann sorgfältig über einen Bügel.

»Ein schöner Pelz«, sagte sie und strich andächtig über das Fell. »Ein Biber, nicht wahr?«

Ihre Freude an dem Pelz stimmte mich ein wenig traurig. »Ein recht betagter Biber«, murmelte ich.

»Aber immer noch wunderschön!«

»Ja... Wo liegt der Patient?«

»In seinem Studio...« Sie senkte die Stimme zu einem Flüstern: »Er ist ein sehr schwieriger Patient und manchmal etwas grob. Aber er meint es nicht so. Schon in der nächsten Minute tut es ihm leid, und er bittet mich um Verzeihung.«

»Ich kenne den lieben Wolfgang«, beruhigte ich sie. »Man darf ihn nicht ernst nehmen.«

Sie lächelte mir dankbar zu und führte mich ins sogenannte Studio.

Wolfgang lag in der Pose eines Gekreuzigten auf einer breiten Couch. Er trug eine elegante, anthrazitfarbene Pyjamajacke und ein moosgrünes Halstuch. Unter dem leichten schottischen Plaid zeichneten sich seine langen dünnen Beine ab. Ein vornehmer, sehr gepflegter Fuß schaute unter der Decke hervor. Alles in allem machte er einen dekorativ leidenden Eindruck, und die Ähnlichkeit mit einem überzüchteten, hochmütigen Windhund stach mir mehr denn je ins Auge. Er lächelte matt, ergriff meine Hand und küßte sie. »Schön, daß du da bist, Schatz«, sagte er leise und dann im selben Atemzug und mit empörter Stimme: »Fühl mal, worauf ich liege!«

Ich fühlte und stellte fest, daß es etwas sehr Hartes war.

»Ein Brett«, erklärte er, »und das wird auf Wochen hinaus mein Lager sein.«

»Aber Wolfi«, beschwichtigte Elke, »nimm doch nicht immer gleich das Schlimmste an. Der Arzt hat dir heute gesagt...«

»Möchtest du bitte die Güte haben und schweigen«, fiel ihr Wolfgang ins Wort. »Was der Arzt sagt, verstehst du sowieso nicht.«

»Doch«, versicherte Elke mit kindlichem Eifer. »Heute,

wo er nicht so viele lateinische Ausdrücke gebraucht hat, habe ich ihn genau verstanden. Und dann habe ich sicherheitshalber noch Thomas angerufen, der ja auch so einen Band...«

»Thomas?« fragte Wolfgang drohend. »Welchen Thomas?«

»Na, du weißt doch, Thomas Kaiser, der auch mal so einen...«

»Und warum hast du ihn angerufen?«

»Um ihn zu fragen, ob es bei ihm...«

»Ich möchte dich sehr herzlich bitten, keine Lügen aufzutischen.«

»Nun laß sie doch endlich mal ausreden!« sagte ich.

»Gerade das möchte ich dir und mir ersparen«, erklärte er. »Elke hat die unerträgliche Eigenschaft, immer am Wesentlichen vorbeizureden und das über Stunden. Präzision ist ihr ebenso unbekannt wie Disziplin. Sie spricht und lebt ins Blaue hinein und begreift nicht, daß mich das wahnsinnig macht!«

»Reg dich doch nicht immer gleich so auf, Wolfi...«

»Wolfi! Wenn ich das schon höre! Wolfi ruft man einen Hund, verstehst du, und keinen Mann!«

»Entschuldige, Wolfgang, ich hab' mich schon so an den Namen gewöhnt...«

Sie sah mich an und lächelte unsicher: »Früher hatte er nämlich nichts dagegen, wenn ich ihn Wolfi nannte.«

Ich nickte verständnisvoll.

»Das stimmt nicht«, protestierte Wolfgang, »ich habe immer...«

»Ich möchte gerne etwas trinken«, unterbrach ich ihn mit einem grimmigen Blick.

»Aber selbstverständlich! Elke, warum muß ich dich immer wieder an alles erinnern? Einem Gast bietet man vor dem Essen einen Aperitif an, falls du wissen solltest, was ein Aperitif ist.«

»Das wußte ich schon lange, bevor ich dich kennenlernte«, sagte sie nun doch etwas beleidigt.

»Das glaube ich dir! In solchen Dingen ist ein Starlett versiert, nicht wahr?«

»Ich möchte gar keinen Aperitif«, erklärte ich ärgerlich, »Ich möchte einen großen, klaren Schnaps.«

»Vielleicht einen Wodka?« schlug Elke vor.

»Ja, das ist eine gute Idee. Einen Wodka.«

Sie lief beflissen aus dem Zimmer und stieß dabei an einen kleinen Tisch.

»Sie ist so unbeholfen...«, begann er.

»Wolfgang«, unterbrach ich ihn, »du benimmst dich diesem Mädchen gegenüber widerwärtig. Du nutzt ihre Hilflosigkeit schamlos aus. Du erniedrigst und quälst sie.«

»Umgekehrt, Schatz, umgekehrt! Wenn hier jemand hilflos, erniedrigt und gequält ist, dann bin ich es. Hilflos, weil ich, ans Bett gefesselt, ihr Tun und Lassen hinnehmen muß. Erniedrigt, weil sie mich, einen neunundvierzigjährigen Mann, auf ihr erbärmliches Niveau hinabzuzerren versucht. Und gequält...«

Elke kehrte mit der Flasche Wodka und einem Fingerhutglas ins Zimmer zurück.

»Was soll dieses lächerliche Glas?« fuhr er auf. »Wir sind doch hier nicht in Müllers guter Stube! Bring bitte die bernsteinfarbenen Gläser...«

»Aber Wolfgang, die bernsteinfarbenen Gläser sind doch gar nicht mehr da.«

»Wieso sind die nicht mehr da?«

»Weil sie deine heißgeliebte Marie-Luise mitgenommen hat, mein Schneckelchen.«

Sie lachte böse auf und wandte sich dann mir zu: »Kennen Sie die hochwohlgeborene Baronesse, die sich die ich-weiß-nicht-wie-viel-zackige Krone auf die züchtigen Nachthemden sticken läßt?«

»Flüchtig.«

»Hol jetzt bitte sofort ein paar anständige Gläser!« befahl Wolfgang.

»Erst wenn ich die Geschichte zu Ende erzählt habe, mein Herz. Es ist nämlich eine sehr interessante Geschichte. Also: Da kommt eines Tages die vornehme und langjährige Geliebte meines Schneckelchens in die Wohnung und hält Inventur ab. Grabscht, was sie nur grabschen kann, und erklärt dazu, das seien persönliche Geschenke von Wolfgang an sie. Auf diese Weise sind uns viele wertvolle Stücke abhanden gekommen, nicht wahr, Wolfi?«

»Hol die Gläser«, sagte er blaß vor Wut.

»Das hört er nicht gern, wissen Sie. Auf seine Baronesse, deren Titel ihm solche Hochachtung einflößt, läßt er nichts kommen.«

»Du bist ein geschmackloses kleines Kellerkind!«

»Mag sein. Aber eines habe ich deiner Aristokratin voraus: Ich habe mich nicht aushalten lassen, weder von dir noch von anderen. Ich habe mir mein Geld immer selbst verdient und nie Pelze und Schmuck verlangt. So, und jetzt bin ich fertig und hole die Gläser.«

Sie verschwand, und Wolfgang riß sich mit einer heftigen Bewegung das Tuch vom Hals: »Jetzt hast du mal ihr wahres Gesicht gesehen! So ist sie, und so benimmt sie sich dauernd, wenn wir allein sind.«

»Sie hat doch nur die Wahrheit gesagt, Wolfgang. Daß die Baronesse dich ausgenommen hat, hast du mir selber erzählt.«

»Und trotzdem ist mir Marie-Luise mit ihrem feinen Gesicht und ihrer erstklassigen Kinderstube tausendmal mehr wert als diese kleine Kanaille.«

»Von der erstklassigen Kinderstube scheint diese Marie-Luise allerdings wenig Gebrauch gemacht zu haben.«

Er murmelte etwas Unverständliches.

»Und wenn sie dir tausendmal mehr wert war, dann verstehe ich nicht, warum du dich von ihr getrennt hast.«

»Weil ich nicht mehr mit ihr schlafen konnte und weil sie mich letzten Endes gelangweilt hat.«

Elke erschien – ohne Gläser, dafür aber mit einem umfangreichen, in ein Tuch eingeschlagenen Gegenstand.

»Entschuldige, Wolfgang«, sagte sie, »ich war eifersüchtig und darum so boshaft.« Sie trat an die Couch, beugte sich zu ihm hinab und küßte ihn auf die Wange. Dann richtete sie sich wieder auf und lüftete das Tuch von dem geheimnisvollen Gegenstand. Es war eine große, dunkelbraune Krokodilledertasche.

Elke hielt sie mir strahlend hin. »Von Wolfgang«, erklärte sie, »ist sie nicht himmlisch!«

Ich ließ mich zu einem wahren Begeisterungsausbruch hinreißen. »Eine herrliche Tasche!« rief ich. »So eine habe ich mir schon immer gewünscht!«

»Es ist Baby-Krokodil, etwas ganz Seltenes und sagenhaft Teures... und schauen Sie!« Sie nahm mir die Tasche behutsam aus der Hand, öffnete sie und zog eine goldene Puderdose hervor. »Die war auch noch drin... der große Stein in der Mitte ist ein Halbedelstein. Schön, nicht wahr?«

»Wunderschön!«

»Elke«, sagte Wolfgang, »komm einmal her.«

Sie lief zu ihm, und er zog sie zu sich auf die Couch. In seinem schmalen, arroganten Windhundgesicht war ein gerührter Ausdruck.

»Hätte ich die Sachen nicht zeigen sollen?« fragte sie beunruhigt.

»Im allgemeinen tut man es nicht.«

»Ich hab's ja nicht getan, um damit zu protzen. Ich wollte doch nur beweisen, daß du mir auch Geschenke machst, obgleich ich dich nicht darum bitte. Vorhin, das hat so geklungen, als sei ich neidisch auf Marie-Luise, aber das bin ich wirklich nicht!«

»Schon gut«, sagte er, »und jetzt hol endlich die Gläser.«

Sie stand auf, hüllte die Tasche wieder sorgfältig in das Tuch und verließ das Zimmer.

»Sie ist ein rührendes kleines Geschöpf«, sagte ich, »und sie verdient es nicht, daß du sie so miserabel behandelst.«

»Ich traue ihr nicht!«

»Du traust ihr nicht, weil sie Anfang zwanzig ist und du Ende vierzig.«

»Nein, ich traue ihr aus einem ganz bestimmten Grund nicht. Sie hat mich am Anfang unserer Beziehung miserabel behandelt und vielleicht sogar betrogen.«

»Und du?«

»Das ist etwas ganz anderes. Ich bin ein Mann.«

»Du bist ein eitler, tyrannischer...«

In der Küche fiel etwas klirrend zu Boden.

»Diese Ungeschicklichkeit«, stöhnte Wolfgang und verdrehte die Augen.

Ich ging in die Küche, in der es chaotisch aussah. Ungewaschenes Geschirr, überquellende Mülleimer, Speisereste und zusammengeknüllte schmutzige Handtücher hielten mich auf der Schwelle zurück. Elke kniete auf dem Boden und sammelte die Scherben eines Glases zusammen.

»Ich bin eine schlechte Hausfrau«, stellte sie fest, »und das macht Wolfgang immer so nervös.«

Sie stand auf, legte die großen Scherben auf einen Küchenstuhl und ließ die kleinen am Boden liegen.

»Schade um das schöne Glas«, seufzte sie. »Jetzt haben wir nur noch zwei davon. Die anderen hat Wolfgang kaputtgeschlagen, als er wütend auf mich war. Einmal hat er direkt nach mir gezielt. Das war, als mein früherer Freund hier angerufen hat. So was kann Wolfgang nicht vertragen! Aber ich darf nichts sagen, wenn seine Verflossenen anrufen. Na ja, von mir aus... aber scheiden lassen sollte er sich wenigstens. Kennen Sie seine Frau?«

»Nein.«

»Er hat nie richtig mit ihr zusammengelebt, warum läßt er sich dann nicht scheiden? Es schadet meinem Ruf, mit einem verheirateten Mann liiert zu sein. Und wenn er mich schon nicht heiraten will, dann...«

»Was treibt ihr da eigentlich stundenlang in der Küche?« schrie Wolfgang.

Ich nahm die zwei übriggebliebenen Gläser und ging damit ins Zimmer.

»Na, was hat sie über mich gesagt?« fragte er aufgeregt.

»Nichts Besonderes.«

»Das kannst du mir nicht weismachen. Sie ist ein hinterhältiges, klatschsüchtiges kleines Luder. Wenn sie so weitermacht, bringe ich sie eines Tages um!«

Es dauerte eine gute Stunde, bis Elke das kalte Abendessen auf den Tisch gebracht hatte. Es war fix und fertig aus einem Delikatessengeschäft geliefert worden und brauchte nur auf die Teller getan zu werden. Aber Elke in ihrer fahrigen Ungeschicklichkeit hatte selbst damit Schwierigkeiten. Dazu kam noch, daß Wolfgang an allem etwas auszusetzen hatte, immer neue Befehle erteilte und mit jedem erboster wurde: »Elke, den Aufschnitt klatscht man nicht einfach auf irgendeinen Teller, man breitet ihn appetitlich auf einer dafür erfundenen Platte aus... Ich fürchte, mein liebes Kind, du hast die Servietten vergessen... Für den Käse haben wir, soweit ich mich erinnern kann, einen Holzteller... Elke, so du es noch nicht wissen solltest, auf einen gepflegten Tisch gehören Vorlegbestecke, oder sollen wir uns die Sachen vielleicht mit den Fingern nehmen?«

Wann immer ich einzugreifen versuchte, bekam ich den Befehl, sitzen zu bleiben. »Du bist hier Gast, und wenn Elke bis heute noch nicht gelernt hat, einen Tisch anständig zu decken, dann wird sie es, verdammt noch mal, jetzt lernen!«

»Zu Hause habe ich immer den Tisch gedeckt«, wandte das Mädchen ein, »und wir haben auch anständig gegessen!«

»Das muß ich jetzt leider bezweifeln!«

»Wolfgang, du hast mir selber einmal gesagt, daß ich sehr gute Manieren habe.«

»Das muß ich in einem Zustand geistiger Umnachtung gesagt haben.«

»So«, erklärte ich, um all diesen Peinlichkeiten ein Ende zu machen, »ich habe Hunger und möchte jetzt in Ruhe essen.«

Es war ein Wunsch, der sich offenbar nicht erfüllen ließ.

Als Wolfgang höher gebettet und mit allem versorgt war, brach eine Diskussion über die Getränke aus. Er wollte Weißwein, sie behauptete, daß Rotwein gesünder für ihn sei.

»Weißwein macht dich doch so kribbelig, Wölflein, und nach Rotwein wirst du wunderschön müde.« Sie hatte jetzt einen vollen, warmen, mütterlichen Ton angeschlagen, und Wolfgang schien sich noch nicht schlüssig, ob er aufgeben oder aufbrausen sollte.

»Schau«, fuhr sie, durch sein Zögern ermutigt, fort, »du hast doch schon einen großen Wodka getrunken, und eigentlich hättest du den gar nicht haben dürfen. Bei all den Tabletten, die du täglich einnimmst, wirkt Alkohol wie Gift. Und du möchtest doch bald wieder gesund sein und auf der Bühne stehen...«

Das war zuviel des mütterlichen Tones.

»So«, sagte Wolfgang grimmig, »und nachdem du dich jetzt deiner unglaubwürdigen Krankenschwesterballade entledigt hast, gib mir bitte den Weißwein.«

Sie wandte sich mir mit klagendem Blick zu: »Er nimmt mindestens zehn starke schmerzstillende Tabletten am Tag und schüttet literweise Alkohol hinterher. Sein Organismus ist schon...«

»Hättest du jetzt bitte die Güte, mir den Weißwein zu geben!«

»Geben Sie ihm den Weißwein«, sagte ich, »den Wodka, die Tabletten und, wenn er will, auch noch einen Strick.«

Wolfgangs Gesicht furchte sich in bitterem Vorwurf. »Wenn ihr wüßtet, was das für Schmerzen sind«, seufzte er. »Ich nehme mich sowieso schon sehr zusammen, und wenn ich dann mal ein Schlückchen Weißwein möchte...«

Elke goß ihm ein Glas Weißwein ein und setzte sich dann zu mir an den Tisch. Sie breitete die Serviette manierlich über die Knie und wünschte uns mit liebenswürdigem Lächeln einen guten Appetit.

Das Abendessen verlief glücklicherweise friedlich. Wolfgang, der wenig aß und um so mehr trank, geriet mit der Zeit in Schwung und Erzählerlaune. Er sprach – wie die meisten Schauspieler – ausschließlich über das Theater. Dieses Thema, das er bis zur Perfektion beherrschte, hatte ihm den Ruf eingebracht, ein unerhört amüsanter und gescheiter Mann zu sein. Er kannte jedes Stück bis ins Detail, er hatte in ganz Europa die besten Inszenierungen gesehen, und er zählte die berühmtesten Darsteller und Regisseure zu seinen Freunden.

Für Elke, die es bisher nur zu kleinen Rollen in schlechten Filmen gebracht hatte, waren diese Erzählungen die einzige Berührung mit der großen, strahlenden, ruhmreichen Welt. Sie lauschte andächtig, aber hin und wieder erlaubte sie sich auch eine Bemerkung, mit der sie kundtat, daß ihr die Welt der Schauspieler keineswegs fremd sei. Wolfgang nahm diese Bemerkungen nicht zur Kenntnis. Nur wenn sein eigener Name fiel, ließ er Elke zu Wort kommen.

»Wolfgang«, warf sie zum Beispiel einmal dazwischen, »ist ein genialer Schauspieler, einer, bei dem es einem kalt über den Rücken läuft!«

Diese banale Bemerkung schluckte Wolfgang wie einen Löffel Honig, und Elke fuhr fort: »Als ich ihn das erste Mal in... na ja, in diesem alten russischen Stück...«

»In Iwanow«, schaltete sich Wolfgang indigniert ein.

»Ja, in Iwanow gesehen habe, da ist mir einfach die Luft weggeblieben. Nach der Vorstellung sind wir dann noch in eine hübsche kleine Bar... wie heißt sie denn noch...«

»Das ist doch ganz unwichtig«, knurrte Wolfgang.

»Natürlich, ich wollte ja auch bloß sagen, daß ich schon nach dem ersten Glas Sekt völlig beschwipst war... vor lauter innerer Erregung, wissen Sie. Was mich an Wolfgang so fasziniert, ist seine enorme Wandlungsfähigkeit. Er kann einen Bösewicht ebenso glaubhaft verkörpern wie einen Träumer. Und er kann so jung wirken auf der Bühne und so männlich!«

Mit dieser leichtfertigen Bemerkung beschwor Elke die Katastrophe herauf. Wolfgangs Gesicht hatte sich im Nu verfinstert, und selbst sein überaus schmerzhafter neunter Wirbel hinderte ihn plötzlich nicht mehr daran, sich aufzusetzen.

»Du mußt nämlich wissen«, sagte er zu mir, »daß ich für Elke ein alter Mann bin, es sei denn, ich stehe in einer jugendlichen Rolle auf der Bühne.«

»Aber nein, Wolfi«, protestierte sie sanft, »du bist ein reifer Mann, aber kein alter.«

Er schenkte ihren Worten keinerlei Beachtung.

»Ihre früheren Liebhaber«, fuhr er fort, »waren junge, kräftige Männer, richtige Kerle, mit breiten Schultern und gewaltigen Muskeln. Der letzte war ein Fußballspieler oder ein Boxer – ich weiß es nicht mehr so genau.«

»Er war in einer Rudermannschaft«, verbesserte Elke in leisem, verletztem Ton.

»Ach ja, verzeih... in einer Rudermannschaft war er. Ein gut durchtrainierter junger Bursche mit viel Körper und wenig Kopf... aber wozu auch Kopf, nicht wahr, Elke?«

»Er war ein sehr netter, anständiger Mann.«

»Ja, nett und anständig und für dich, die du ja auch so nett und anständig bist, genau der richtige.«

»Nein, das war er eben nicht!« Sie wandte sich mir zu – eifrig und offenbar in dem Bestreben, die Sache richtigzustellen. »Wissen Sie, er war so ein echter, unkomplizierter Naturbursche, und so was liegt mir auf die Dauer nicht. Früh zu Bett und früh hinaus. Und dann immer lange Wanderungen und Übernachtungen in Berghütten mit Schlafsack und so...«

Sie redete und redete in einer fast unglaubhaften Einfalt, und ich überlegte krampfhaft, wie ich sie unterbrechen, Wolfgang ablenken und so die Katastrophe verhindern könne. Aber mir fiel nichts ein, und außerdem war es wohl auch schon zu spät. Elke schloß ihren ausführlichen Bericht über den Naturburschen, und einen Moment lang herrschte Totenstille. Dann sagte Wolfgang mit einer stumpfen, unheilträchtigen Stimme: »Über den Ruderer hätten wir jetzt alles gehört. Aber wie war das mit dem jungen, prächtig gebauten Statisten… pardon, Schauspieler?«

»Ach herrje«, sagte Elke und lachte, »den Schauspieler nimmt mir Wolfgang besonders übel, und dabei habe ich ihm schon hundertmal erklärt, daß das nur eine ganz kurze, nichtssagende Geschichte war.«

»Eine von zwanzig oder dreißig… oder wie viele waren es?«

»Wolfgang, du tust mir unrecht! Du weißt doch, daß es nicht mehr als vier waren.«

»Wie soll ich das wissen?«

»Ich habe es dir geschworen, damals, als wir in Italien waren, und du hast mir versprochen, meine Vergangenheit zu vergessen.«

»Dann sind wir ja quitt.«

»Wieso?«

»Weil dein Schwur genauso unwahr war wie mein Versprechen.«

»Mein Schwur war…«

»Nimm, verdammt noch mal, deine Füße vom Sessel«, schrie er sie plötzlich an, »Und zieh den Rock runter. Du sitzt da wie eine kleine Filmnutte vor einem Produzenten.«

Elke hatte sich in dem großen Sessel zusammengekuschelt, und ihr roter Rock war über ihre schwarzbestrumpften Knie hinaufgerutscht. Sie zog ihn ein Stück hinunter, behielt die Beine aber auf dem Sessel.

»Ich habe schon oft so gesessen, und es hat dich nie gestört«, sagte sie mit unerwarteter Renitenz.

»Deine Vulgarität hat mich immer gestört, sie hat mich schon bis zur Verzweiflung getrieben!«

»Dann verstehe ich wirklich nicht, warum du von allem Anfang an wie ein Wilder hinter mir her warst.«

»Weil ich mit dir schlafen wollte.«

»Und nur aus diesem Grund bist du jetzt immer noch mit mir zusammen?«

»Was dachtest du? Aus Wertschätzung deiner Person vielleicht, oder aus Liebe?«

»Ja, mein Schneckelchen, aus Liebe! Oft genug hast du es mir gesagt. Oft genug hast du gebettelt und gefleht und geweint!«

Jetzt wurde sie brutal – brutal wie nur ein junges Mädchen einem alternden Mann gegenüber werden kann. Ihr blasses, pflanzenartiges Gesicht war ebenso hart geworden wie ihre Stimme, mit der sie unerbittlich fortfuhr: »Erinnerst du dich noch an den Abend, an dem ich dich zum Teufel jagte, und an den nächsten Tag, an dem du wieder angekrochen kamst wie ein geprügelter Hund?«

»O ja, ich erinnere mich«, sagte er, und es war unerträglich, wie er den letzten Rest seines Stolzes über Bord warf. »Ich erinnere mich an all deine Gemeinheiten, an die taktvolle Bemerkung zum Beispiel: ›Du bist ja nur ein alter, eitler Waschlappen...‹ und an die Nächte, in denen ich dich vergeblich zu erreichen versuchte.«

»Und du!« schrie sie. »Wo warst du in den Nächten, in denen du mich vergeblich zu erreichen versuchtest? Im Bett warst du, mit irgendeinem deiner Weiber. Wir waren schon längst zusammen, da wimmelte immer noch eine ganze Schar um dich herum: diese dämliche Baronesse und die kleine Maskenbildnerin und das angebliche schwedische Mannequin...! Als ich hier einzog, lag noch überall was herum von diesen... diesen Schlampen: Büstenhalter und Zahnbürsten und Anti-Baby-Pillen. Das Zimmer, in dem ich jetzt schlafen darf, haben bestimmt schon Hunderte vor mir bevölkert. Und da kommst du und reibst mir andauernd unter die Nase, daß ich dich in dieser Zeit ein einziges Mal betrogen habe!«

»Betrogen?« fragte er leise. »Du hast mich also in der Zeit, in der wir schon zusammen waren, betrogen?«

»Jetzt reicht es mir aber«, sagte ich in dem verzweifelten Versuch, die Szene noch rechtzeitig abzubrechen. »Es ist ekelerregend, Wolfgang, und weit unter deinem Niveau...«

Ich hätte ebensogut zu einem Tauben sprechen können. Er fixierte das Mädchen mit einem durchdringenden Blick, den sie mit Gleichmut erwiderte. Ich wünschte, sie würde endlich etwas sagen – ganz gleich, ob ja oder nein oder Schneckelchen. Das Unglück war jetzt sowieso nicht mehr abzuwenden.

»Du hast mich also in der Zeit, in der wir schon zusammen waren, betrogen?« wiederholte Wolfgang, und seine Stimme klang unnatürlich ruhig.

»Ja«, sagte Elke, »ich habe dich in der Zeit, in der wir schon zusammen waren, betrogen.«

Sie saß da, unverändert in Haltung und Gesichtsausdruck, und hätte sie plötzlich einen Nagelreiniger hervorgezogen und sich die Nägel gesäubert, ich wäre nicht überrascht gewesen. Auch Wolfgang verzog keine Miene.

»Wie oft und mit wie vielen hast du mich betrogen?« fragte er.

»Zweimal mit demselben.«

»Und wer war das?«

»Ein Mann, den du nicht kennst.«

»Was für ein Mann? Ein Kellner, ein Filmproduzent, ein Langstreckenläufer, oder hat er sich gar nicht erst vorgestellt?«

»Ein Journalist.«

»Hat er anschließend einen guten Artikel über dich geschrieben?«

»Das stand gar nicht zur Debatte.«

»Ach!«

Ich schaute mit wachsendem Interesse von einem zum anderen und wartete immer auf den Ausbruch. Aber jetzt, da er doch endlich eine Berechtigung hatte und weitaus gesünder gewesen wäre als dieses unergiebige Frage-und-Antwortspiel, kam er nicht.

»Und warum hast du mich betrogen?« setzte Wolfgang sein Verhör fort.

»Weil ich wütend auf dich war! Du hast mich immer

schlecht behandelt, aber der Journalist war reizend zu mir. Und außerdem hatte ich ziemlich viel getrunken.«

Wolfgang sah mich an. »Leuchten dir diese Gründe ein?« fragte er mich.

»Ja«, sagte ich.

»Mir nicht!« Er wandte sich wieder dem Mädchen zu und sagte, ohne die Stimme zu heben: »Verschwinde!«

»Jetzt gleich?« fragte Elke.

»Auf der Stelle.«

Sie stand auf, zog ihre niedlichen Lackschuhe an und ging. Es war ein lahmer Abgang, fand ich. Aber es war wohl auch ein sehr modernes Drama, in dem sich die Akzente hintergründig verschoben hatten. Das Unbedeutende wurde hochgespielt, das Wesentliche unterkühlt.

»Was soll das, Wolfgang?« fragte ich, als Elke das Zimmer verlassen hatte. »Warum benimmst du dich so kindisch?«

»Zum ersten Mal benehme ich mich nicht wie ein Kind, sondern wie ein Mann.« Sein Gesicht war aschfahl und seine Stirne feucht. »Jetzt fühle ich mich endlich wieder wohl«, sagte er mit einem mitleiderregenden Lächeln. »Du wirst sehen, in kurzer Zeit bin ich wieder gesund. Krank hat mich nur diese kleine Hure gemacht.«

Ich setzte mich zu ihm auf die Couch und strich ihm über die zur Faust geballte Hand.

»Schatz«, sagte er, »gib mir doch bitte die kleinen grünen Tabletten.«

Ich gab sie ihm, er nahm drei Stück und spülte sie mit einem Glas Wein hinunter.

»Wer wird denn jetzt für dich sorgen?« fragte ich.

»Marie-Louise. Ich werde sie morgen früh anrufen. Sie kommt sofort.«

»Bist du sicher?«

Die Tür öffnete sich, und Elke stand auf der Schwelle.

»Ich bin hundertprozentig sicher«, sagte Wolfgang und starrte zur Decke empor, »Marie-Luise läßt mich nicht im Stich.«

Ich stand auf und ging zu dem Mädchen. Sie trug einen flaschengrünen Mantel mit einem traurigen Pelzkrägelchen und in der Hand ihre geliebte Krokodilledertasche. Die Lider ihrer blaßblauen Augen waren stark gerötet.

»Ich gehe jetzt«, sagte sie, »meine Sachen lasse ich morgen abholen.«

Wolfgang starrte weiterhin zur Decke empor. Sie warf einen flehenden Blick in seine Richtung.

»Wo werden Sie denn übernachten?« fragte ich.

»Bei einer Freundin«, sagte sie und dann: »Wolfgang kriegt abends immer noch einen Vitamincocktail. Ich habe ihn schon zurechtgemacht. Er steht in der Küche.«

Ich nickte.

Sie gab mir eine kühle, feuchte Hand, schnüffelte, drehte sich um und ging. Ich blieb noch eine Stunde bei Wolfgang. Er schimpfte ununterbrochen auf Elke, und das – zum Glück – ermüdete ihn. Als ich das Gefühl hatte, daß er kurz vor dem Einschlafen war, schlich ich mich erleichtert aus der Wohnung.

Am nächsten Morgen rief ich bei Wolfgang an. Elke war am Apparat.

»Ach so«, sagte ich, »na, dann ist ja alles in bester Ordnung.«

»Wir haben uns wieder versöhnt«, erklärte sie überflüssigerweise, »und wir haben uns beide geschworen...

»Ja, ja«, sagte ich.

»Ach, wissen Sie, es ist doch alles ganz einfach. Wir streiten uns, weil wir uns lieben. Wenn wir uns gleichgültig wären, dann würden wir uns auch nicht streiten.«

»Natürlich.«

»Wolfgang ist gerade im Bad. Soll ich ihn schnell rufen?«

»Danke, das ist nicht nötig.«

»Hoffentlich besuchen Sie uns bald wieder.«

»Nein«, sagte ich, »das bestimmt nicht!«

Der Schöngeist

Als ich Udo Franke das erste Mal sah, wurde ich sofort an Heldendenkmäler erinnert: Da stand in entspannter und doch gestraffter Pose ein junger, großer, gesundheitsstrotzender Mann, der sich seines Menschseins voll bewußt zu sein schien. Stählern war sein Blick, stolz seine Kopfhaltung, gerade sein Rückgrat. Es fehlte nur noch das flatternde Banner, um das Bild abzurunden. Da sich der junge, aufrechte Mensch jedoch in einem düsteren, unordentlichen Raum, in einer Gesellschaft trinkender und rauchender Bohemiens befand, wirkte er etwas befremdend.

Er war ein Neuling auf diesem alkoholreichen Jour fixe, der uns, eine feste Clique, jeden zweiten Mittwoch zusammenführte, und er war zweifellos fehl am Platz. Peter Hamann, der Veranstalter dieser Abende, wußte offenbar nicht, wie dieser stramme Gast in seine Wohnung geraten war. Er stellte ihn mir mit einer vagen Handbewegung und einem unverständlichen Murmeln vor, woraufhin sich der junge Mann bemüßigt fühlte, mir offenen Blickes ins Auge zu sehen, fest meine Hand zu drücken und vernehmlich seinen Namen zu nennen.

»Aha«, sagte ich, und das klang wohl ein wenig ironisch.

Udo Franke – und das hätte ich eigentlich ahnen müssen – vertrug keine Ironie. Seine Pupillen zogen sich zu winzigen Punkten zusammen, und sein offener Blick wurde stechend. Er wandte sich brüsk von mir ab und entfernte sich mit stolz erhobenem Haupt und durchgedrücktem Kreuz. Am anderen Ende des Zimmers ließ er sich auf einem Hocker nieder, und da saß er dann, ohne zu trinken, ohne zu rauchen – ein Anblick vollendeter Körperbeherrschung und Disziplin.

Wir hätten vermutlich kein Wort miteinander gewechselt, wenn ich nicht gerade an diesem Abend von einem meiner Migräneanfälle überrascht worden wäre. Noch bevor die Schmerzen ihre volle Wucht erreicht hatten, erkundigte ich mich, ob jemand starke Kopfwehtabletten bei sich hätte. Zu meiner Überraschung holte der junge, gesundheitsstrotzende Mann ein Döschen aus seiner Tasche, öffnete es, musterte aufmerksam den Inhalt und danach mich.

»Können Sie mir die Schmerzen näher beschreiben?« fragte er im Ton eines kompetenten Arztes.

»Es ist eine handfeste Migräne«, erklärte ich mürrisch.

»Kommen Sie«, sagte er und stand auf.

»Wohin?«

»In ein Zimmer mit frischer Luft.«

Peter Hamann führte uns in sein sogenanntes Schlafzimmer, eine Kammer, in der eine ungemachte Bettcouch, ein uralter Sessel, ein Schrank und ein paar leere Flaschen herumstanden.

»Setzen Sie sich schon in den Sessel«, befahl Udo Franke, verschwand und kehrte gleich darauf mit einem Glas Wasser zurück. Er nahm zwei Kapseln aus seinem Döschen und gab sie mir.

»Was ist das?«

»Entspannungstabletten... So, und jetzt machen Sie sich ganz locker. Legen Sie die Unterarme auf die Knie und lassen Sie Oberkörper und Kopf schwer nach vorne fallen... ja, so ist es gut!«

Er stellte sich hinter mich und begann, mir mit fachmännischen Griffen Genick und Hals zu massieren.

»Sind Sie Arzt?«

»Nein.«

»Woher wissen Sie dann so gut Bescheid?«

»Ich befasse mich mit diesen Dingen.«

»Mit Medizin?«

»Unter anderem.«

»Was sind Sie von Beruf?«

»Das weiß ich noch nicht. Ich möchte ein Buch schreiben.«

»Ach nein! Und über was?«

»Das weiß ich auch noch nicht. Sind die Schmerzen schon etwas besser?«

»Kaum, aber das Massieren ist sehr angenehm.«

»Haben Sie oft Migräne?«

»Ja.«

»Trinken und rauchen Sie viel?«

»Sehr viel.«

»Haben Sie Probleme?«

»Wer hat die nicht.«

»Sie sollten es mal mit autogenem Training versuchen.«

»Keine Ahnung, was das ist.«

»Ich werde Ihnen ein Buch darüber geben. Wo wohnen Sie?«

Ich nannte ihm meine Adresse.

»Ich wohne zwei Ecken weiter«, erklärte er. »Morgen, irgendwann im Laufe des Tages, bringe ich Ihnen das Buch vorbei.«

»Können Sie es nicht zu einer bestimmten Zeit bringen?«

»Ich binde mich nicht gern an bestimmte Zeiten. Wenn Sie nicht da sind, lege ich es vor die Tür.«

»Na gut. Wie Sie wollen.«

»Jetzt lassen Sie sich bitte mal zurückfallen... so...! Und legen Sie den Kopf auf die Rückenlehne.«

Während er mit festen Fingerspitzen Stirn, Schläfen und Schädeldecke massierte, betrachtete ich sein Gesicht. Es war ein hartes, strenges, bleiches Gesicht mit einer gewaltigen Stirn, einer langen dünnen Nase, einem schmallippigen Mund und einem Kinn, das, von unten gesehen, besonders massiv wirkte. Auffallend waren allein seine hellen Augen, nicht weil sie schön waren, sondern weil sie einen kalten, silbrigen Glanz hatten, wie Metall, das in der Sonne aufblitzt. Es war ein Gesicht, stellte ich fest, das mir überhaupt nicht gefiel.

»Warum geben Sie sich eigentlich so viel Mühe mit mir?« fragte ich. »Sie mögen mich doch gar nicht.«

»Wenn ein Mensch in Not ist, helfe ich ihm, ganz gleich ob ich ihn mag oder nicht.«

»Sind Sie etwa ein Philanthrop?«

»Die Menschen tun mir leid, das ist alles.«

»Jetzt erinnern Sie mich an einen jugendlichen Albert Schweitzer«, sagte ich auflachend, »und zuerst habe ich Sie für einen strammen Bundeswehroffizier gehalten.«

Er verzog keine Miene, aber seine Stimme war scharf und bitter, als er sagte: »Mein Vater, für den ich wenig übrig hatte, war aktiver Offizier. Ich war siebzehn, als ich mich noch ein Jahr am Krieg beteiligen durfte. In anderen Worten, ich bin ein fanatischer Antimilitarist.«

»Ich habe das Gefühl, daß Sie in allen Dingen ein Fanatiker sind«, sagte ich und wußte nicht, warum er mich immer wieder zu unverfrorenen Bemerkungen reizte.

»Und ich habe das Gefühl, daß Sie wieder ganz in Ordnung sind. Kehren Sie also getrost zu Alkohol und Zigaretten zurück, und bestellen Sie Ihren Freunden meinen besten Dank. Es war ein reizender Abend, aber ich muß ihn leider frühzeitig abbrechen.« Er verschwand, ohne mich auch nur eines weiteren Blickes zu würdigen.

Dennoch brachte er mir am nächsten Tag gegen vier Uhr das Buch.

»Das hätte ich nach Ihrem schroffen Abschied gestern abend nicht gedacht«, sagte ich.

»Ich habe Ihnen doch schon einmal erklärt, daß ich Menschen, die Hilfe brauchen, nicht im Stich lasse.«

»Ich bin wirklich gerührt.«

»Allerdings bezweifle ich, daß Ihnen zu helfen ist.«

»Interessant«, sagte ich, »und warum?«

»Weil Sie haltlos, egozentrisch und gefühlskalt sind und nur das tun, was Ihnen Spaß macht.«

»Mag sein«, sagte ich und lud ihn zum Tee ein.

Er zögerte einen Moment, dann gab er mir die Ehre. Den Tee fand er gut, die Wohnung recht hübsch, meine Bücher allerdings nur zum Teil lesbar.

»Was tun Sie eigentlich«, fragte er, »wenn Sie nicht gerade trinken oder Ihre Zeit mit sogenannten Freunden totschlagen?«

»Ich übersetze einen Roman.«

»Zu Ihrem persönlichen Vergnügen?«

»Zu meinem persönlichen Unterhalt.«

»Ach«, sagte er und sah mich einen Augenblick starr an, »das hätte ich nicht gedacht.«

»Mögen Sie einen Schluck Rum in den Tee?« fragte ich.

»Nein, danke. Ich kann Alkohol nicht ausstehen.«

»Ihr Pech«, sagte ich und goß mir mehr Rum als Tee in die Tasse.

»Apropos«, sagte er, »wie geht es Ihrem Kopf?«

»Heute ganz gut.« Ich sah ihn neugierig an und überlegte, ob ihn tatsächlich nichts anderes zu mir geführt hatte als sein merkwürdiger Drang, Menschen zu helfen.

»Warum schauen Sie mich so an?«

»Ich versuche, dahinter zu kommen, was Sie für ein Mensch sind.«

»Das versuche ich auch schon etliche Jahre, aber vergeblich.«

»Wie leben Sie eigentlich?«

Zum ersten Mal verzog sich sein Mund zu einem dünnen Lächeln. »In Untermiete«, sagte er, »bei der Familie Vogt.«

»Das sagt mir nicht viel.«

»Das sollte es aber! Welcher nicht völlig schwachsinnige deutsche Bundesbürger in meinem Alter lebt heutzutage noch in Untermiete, fährt mit der Straßenbahn, bewahrt seine Butter auf dem Fensterbrett auf und ist nicht in der Lage, sich eine Reise nach Italien zu leisten?«

»Ist das nun ein Prinzip«, fragte ich, »eine Lebensanschauung oder ein Spleen?«

Er sah mich grimmig an.

»Oder ist es vielleicht eine in Tugend abgewandelte Not?«

Wie alle hellhäutigen Menschen wechselte er sehr

schnell die Farbe. Entweder er wurde weiß oder aber rosa-violett wie eine bestimmte Tulpensorte. Jetzt wurde er weiß.

»Wenn ich wollte, könnte ich für Film, Fernsehen und Illustrierte eine Schnulze nach der anderen schreiben.«

»Aber Sie wollen nicht.«

»Ich will nicht, und ich kann nicht. Ich bin unfähig, mich zu verkaufen, mich mediokren Menschen und Beschäftigungen zu unterwerfen oder auch nur Kompromisse zu schließen.«

»Solchen Luxus können sich leider nur reiche oder geniale Menschen leisten.«

»Ich bin weder das eine noch das andere.«

»Dann haben Sie vielleicht ein Geheimrezept.«

»Ich habe ein ganz gewöhnliches, aber nicht sehr schmackhaftes Rezept. Ich schränke mich auf ein Minimum ein – auf eine winzige Stube, auf leicht waschbare Hemden und Pullover, auf eine Handvoll Erdnüsse, Rosinen oder Vitamintabletten, auf Gelegenheitsarbeiten und auf ein tägliches nahrhaftes Frühstück bei meinem Freund, Christian Döring.«

»Nur gut, daß es diesen Freund gibt.«

Er überhörte meine Bemerkung.

»Das einzige, worauf ich nicht verzichte«, erklärte er, »sind Bücher. Bücher und exquisite Seife.«

»Bei Ihnen«, sagte ich, »scheint es sich um einen wahren Sonderling zu handeln.«

Zwei Wochen ließ er nichts mehr von sich hören. Dann rief er an und erkundigte sich, ob ich das Buch gelesen hätte.

»Ja«, sagte ich, obgleich ich es nicht angerührt hatte.

»Können Sie etwas damit anfangen?«

»Sehr viel«, sagte ich und fragte, ob er nicht mal wieder zum Tee kommen wolle.

»Recht gerne«, sagte er, und von diesem Tag an kam er regelmäßig. Nach einer Weile fiel mir auf, daß er immer sehr viel Zucker und Sahne in seinen Tee tat, und dabei mußte ich an die Handvoll Erdnüsse denken und daran, daß er vielleicht Hunger hatte. Beim nächsten Mal brachte ich unter einem taktvollen Vorwand Brot, Butter, Honig und Backwerk auf den Tisch. Er aß mit bestem Appetit, und ich hatte das beruhigende Gefühl, daß er jetzt wenigstens zwei Mahlzeiten am Tag zu sich nahm. Unsere Beziehung blieb wochenlang dieselbe. Wir unterhielten uns meistens in aggressivem Ton, denn wir waren fast immer verschiedener Meinung. Er hielt mich nach wie vor für eine haltlose, egozentrische, gefühlskalte Person und ich ihn für eine höchst merkwürdige Kreuzung zwischen einem jugendlichen Albert Schweitzer und einem strammen Bundeswehroffizier. Was mich, offen gestanden, hauptsächlich an ihm reizte, war die eiserne Zurückhaltung, mit der er mich behandelte, als wäre ich ein neutrales Wesen, von dem man sich nichts anderes erhoffte als eine Tasse Tee und ein Honigbrot. Nach einiger Zeit fühlte ich mich verletzt und ertappte mich dabei, daß ich öfter denn je in den Spiegel schaute und mich für seine Besuche besonders sorgfältig zurechtmachte. Als auch das nicht wirkte, ging ich zu konkreteren Maßnahmen über. Ich gab ihm reichlich Gelegenheit, mich zu küssen. Doch als er selbst diese Gelegenheit ungenutzt ließ, war ich ganz sicher, meine Anziehungskraft verloren zu haben.

Eines besonders schönen Vollmondabends stand ich am Fenster. Ich lehnte traurig die Stirn an die Scheibe und seufzte. Udo Franke witterte Not. Er trat hinter mich und begann sanft meinen Nacken zu streicheln. »Sind Sie unglücklich?« fragte er.

Ich nickte.

»Sagen Sie mir den Grund. Ich möchte Ihnen helfen.«

Ich fuhr wütend herum. »Ich pfeife auf Ihre Samariterdienste«, rief ich.

Zu meiner Überraschung wandte er sich nicht indigniert ab. Im Gegenteil – er küßte mich, und es war der perfekteste Kuß, den ich jemals bekommen hatte. Als er mich losließ, sah ich ihn fassungslos an. Sein Gesicht war blaß, ein wenig gedunsen und erinnerte mich an einen aufgegangenen Hefeteig. Er drehte sich schnell um und verließ ohne ein weiteres Wort die Wohnung.

Er kam weder am nächsten noch am übernächsten Tag. Am dritten Tag schließlich rief ich ihn an.

»Warum kommen Sie nicht?« fragte ich.

»Ich will nicht, daß es passiert.«

»Weshalb?«

»Weil Ihr Leben und meins nicht zusammenpassen.«

»Ich werde Ihnen Ihr Leben lassen und Sie mir das meine.«

»Ich kann das Leben, das Sie führen, nicht akzeptieren.«

»Dann eben nicht«, sagte ich zornig und hängte ein.

Am Nachmittag kam er, und es passierte. Seine Liebeskunst hielt, was sein Kuß versprochen hatte, und mir war, als hätte ich das große Los gezogen.

»Du scheinst dich auch mit der Erotik sehr intensiv beschäftigt zu haben«, sagte ich, als wir an einem besonders reich gedeckten Teetisch saßen.

»Ja«, erklärte er mit tiefem Ernst, »ich habe viele Bücher darüber gelesen. Es ist ein äußerst interessantes Thema.«

»Wem sagst du das! Ich habe zwar wenig darüber gelesen, aber um so mehr...«

Er starrte mich an. In seinen Augen war ein unheilvolles Glitzern, und ich unterbrach mich erschrocken.

»Ich möchte kein Wort über deine zahllosen Affären hören«, sagte er mit wutbebender Stimme. »Und wenn ich dich jemals mit einem anderen Mann erwischen sollte...«

Er sprach den Satz nicht zu Ende, aber die Drohung in seinem Gesicht war ungeheuerlich.

Ich kann nur jede Frau davor warnen, sich mit einem Fanatiker einzulassen. Fanatiker sind unbekehrbare Menschen, und man kann nur überleben, indem man zu allem, was sie tun, Ja und Amen sagt.

Bei Udo Franke war es so, daß die unbedeutendste Nebensächlichkeit zur Besessenheit ausartete. Da war, zum Beispiel, sein Reinlichkeitsbedürfnis, das sich zu einer Manie entwickelt hatte. Er trug stets eine kleine Lufthansa-Tasche mit sich herum, in der sich, säuberlich verpackt, all das befand, was er für seine rituellen Waschungen benötigte: eine Wurzelbürste, eine Zahnbürste aus Dachshaar, Zahnpasta, vitaminreiche Öle und natürlich exquisite Seife. Er putzte sich im Laufe des Tages mindestens ein dutzendmal die Zähne und wusch sich jede halbe Stunde die Hände. Oft verschwand er beängstigend lange im Badezimmer und behandelte sich mit heißen und kalten Duschen, Schaumbädern und Massagen. Wenn er dann wieder auftauchte, war er von Kopf bis Fuß rosaviolett und mit einer dicken, glänzenden Ölschicht bedeckt.

»Wenn du nur einen Bruchteil der Zeit und Mühe, die du für deine Körperpflege aufwendest, in deine Arbeit stecken würdest«, knurrte ich bei solchen Gelegenheiten, »dann hättest du bald ein Vermögen.«

»Ich brauche kein Vermögen.«

»Ich weiß, ich weiß, du brauchst nur deine Bücher, deine Seife und deine Reformhauskost.«

»Das allerdings!«

Er war, unter anderem, ein Gesundheitsfanatiker und versorgte sich und seine Schützlinge mit Weizenkeimen und Knusperflocken, mit Haselnußmus und Knoblauchkapseln, mit einer Unzahl von Müslis und Tränklis, von Vitamintabletten, kräftigenden Säften, homöopathischen Tropfen und getrockneten Früchten.

Es war eine völlig geschmacklose Kost, die in Mund und Magen aufquoll und nichts anderes hinterließ als ein ständiges Hunger- und Unlustgefühl.

»Das kannst du mir nicht antun!« protestierte ich nach der dritten Vollwert-Mahlzeit. »Zum Abendessen brauche ich Fleisch, Salat, Käse und Rotwein, sonst kann ich nicht mehr arbeiten.«

»Du irrst dich. Richtig arbeiten kann man überhaupt nur mit dieser Kost.«

»Wie willst du, ausgerechnet du, das beurteilen?«

Er warf mir einen warnenden Blick zu, woraufhin ich verstummte und traurig an einer Scheibe Weizenkeimbrot mit Hefeextrakt-Aufstrich nagte.

»Also schön«, sagte er, »wenn du dich unbedingt ruinieren willst...«

Am nächsten Abend gab es Fleisch, Salat, Käse und Rotwein, und Udo schmeckte es genausogut wie mir. Er erlaubte mir sogar ein Glas Wein und trank selber ein paar Schluck. Von da an aßen wir jeden Abend nahrhaft, wenn auch unvollwertige Mahlzeiten. Es war der einzige Punkt, in dem er nachgab. In allen anderen Dingen blieb er eisern und bemühte sich fanatisch, mich zu einer ihm ebenbürtigen Frau umzuerziehen.

»Dein Leben ist wie deine Übersetzung«, hatte er einmal gesagt. »Du vermeidest die Interpunktion, oder, was noch schlimmer ist, du setzt sie falsch.«

»Na, du hast es ja schon größtenteils geschafft, sie richtig zu setzen«, hatte ich mißmutig erwidert und an all die guten Dinge gedacht, die mir damit verlorengegangen waren: Kaffee und Zigaretten, Alkohol und Flirt, Lokale, die ich gerne besucht, und Bekannte, mit denen ich mich gerne unterhalten hatte.

»Bedauerst du das etwa?«

»Aber nein, eine richtige Interpunktion hat auch was für sich.«

Sie hatte in erster Linie für sich, daß meine Tage in einem unerhörten Gleichmaß verliefen und bis auf die Minute eingeteilt waren. Neun Stunden schlief ich, sechs Stunden arbeitete ich an meiner Übersetzung, zwei Stunden wurde ich spazieren geführt.

Und den Rest der Zeit verbrachte ich – wenn ich allein war – mit einkaufen, kochen, putzen – wenn ich mit Udo war – mit streiten, lieben und essen.

Nach einem ausgiebigen Frühstück bei Christian Döring erschien Udo gegen zwei Uhr – seine blaue Lufthansa-Tasche in der einen Hand, ein Buch, das er aus hygienischen Gründen nicht zu seinen Toilettensachen legte, in der anderen. Manchmal, wenn es seine Finanzen – die ich übrigens nie durchschaute – zuließen, brachte er etwas zum Essen mit. Meistens war es ein ebenso feiner wie kleiner Leckerbissen aus einem der teuersten Delikatessengeschäfte. Über solche Einkäufe war er immer hoch erfreut und ich tief betrübt, denn mit vier Paar Würstchen wäre uns mehr gedient gewesen als mit hundert Gramm geräuchertem Rheinsalm.

In der ersten Zeit hatte mich seine Unvernunft noch aus der Fassung gebracht. Ich hatte gejammert, geschimpft und auf ihn eingeredet. Aber bald hatte ich erkannt, daß es hoffnungslos war, daß er sich nie und in nichts ändern würde.

Von da an hatte ich mich nicht mehr eingemischt, hatte ihn stillschweigend sein verschrobenes Leben führen lassen. Der Erfolg allerdings war, daß ich ständig einen dumpfen Groll gegen ihn hegte. Warum paßte ich mein Leben dem seinen an, wenn er mir in keiner Weise entgegenkam? Sicher, er kümmerte sich rührend um mich und widmete mir viel Zeit und Aufmerksamkeit. Er las meine Übersetzung, verbesserte dieses oder jenes Wort, setzte die Interpunktion. Er pflegte mich mit wahrer Aufopferung, wenn ich krank war. Er ging ganz auf mich ein, wenn ich meine Depressionen hatte. Aber hätte er jemals etwas für mich getan, was ihn Mühe gekostet hätte, Anstrengung, Überwindung? Ganz bestimmt nicht! Er blieb bei seiner Lebensweise, und mit der Zeit kam ich darauf, daß sie nichts anderes war als eine bequeme Flucht in seine angeborene Trägheit. Er war faul, und er wußte dieser Faulheit ein Mäntelchen geistiger Größe umzuhängen. Er fraß ein unglaubliches Wissen in sich hinein, ohne daß jemals etwas Produktives dabei herausgekommen wäre. Während ich hinter der Schreibmaschine saß, lag er bäuchlings auf der Couch und las. Während ich einkaufen ging, saß er zu Hause und hing seinen Gedanken nach. Während ich das Essen zubereitete, stand er untätig daneben und erzählte, was er gelesen und gedacht hatte. Ihm behagte diese Kombination, mir aber nicht. Mein Groll wuchs und wuchs, und eines Tages kochte er über.

»Ich habe meinen eigenen Fraß jetzt satt«, erklärte ich eines Abends. »Ich möchte endlich mal wieder in einem Restaurant essen.«

Er sah mich mit durchdringendem Blick an, erkannte, daß ich mit wohlgefügten Worten nicht mehr zu besänftigen war, und zog sich sofort in eisige Reserve zurück.

»Bitte schön«, sagte er, »wenn dir so viel daran liegt, dann geh in ein Restaurant!«

»Auf den Gedanken, daß du mich einmal dazu einladen könntest, kommst du wohl gar nicht! Immerhin sind wir jetzt schon ein gutes dreiviertel Jahr zusammen, und ich fände es nicht übertrieben...«

»Du weißt sehr gut, daß ich für Restaurants kein Geld habe. Aber du hast ja einen großen Bekanntenkreis und zahllose Männer, die dich liebend gerne einladen würden.«

»Seit ich dich kenne, habe ich überhaupt keinen Bekanntenkreis mehr. Du mit deiner manischen, unbegründeten Eifersucht...«

»Unbegründet? Mein liebes Kind, deine Männergeschichten sind stadtbekannt, und du wartest doch nur auf den Moment, wo du wieder damit anfangen kannst.«

»Wenn ich es tatsächlich wollte, brauchte ich nicht irgendeinen Moment abzuwarten. Du gibst mir, weiß Gott, keinen Anlaß, mich dir verpflichtet zu fühlen.«

»Was meinst du damit?«

»Ich meine damit, daß du nichts, jedenfalls nichts Reales tust, um mir dieses miserable Leben zu erleichtern.«

»In dem Augenblick, da ich in der Lage sein werde, das zu tun, was ich verantworten kann...«

»In die Lage, mein Lieber, wirst du nie kommen. Und weißt du warum? Weil es eine unbequeme Lage wäre, eine, in der du nicht um zehn Uhr aufstehen könntest und stundenlang baden und den Tag verbummeln.«

»Jetzt merke ich, daß wir Monate aneinander vorbeigeredet haben, daß es dir nie gelungen ist...«

»In die Tiefe deiner Seele hinabzutauchen oder mich zu der Höhe deines geistigen Niveaus emporzuschwingen. Ich weiß.«

»Du bist kalt«, sagte er, »zynisch und brutal. Ich aber brauche eine Frau, die mir Wärme gibt, Sicherheit und Selbstvertrauen. Nur dann kann ich es zu etwas bringen.«

»Quatsch!« schrie ich. »Nimm dir ein Stück Papier und einen Bleistift und fang an, dein verdammtes Buch zu schreiben! Oder geh als Lektor in einen Verlag! Oder arbeite als Kellner! Aber spiel nicht dauernd das verkannte Genie, den schutz- und wärmebedürftigen Schöngeist.«

Er wurde in schneller Folge erst rosaviolett, dann weiß, drehte sich auf dem Absatz um und ging zur Tür. Dort blieb er noch einen Augenblick stehen und sagte in seinem Albert-Schweitzer-Ton: »Wenn du jemals Hilfe brauchen solltest, dann kannst du dich selbstverständlich immer an mich wenden.«

»Und wenn du unbedingt einen schweren Gegenstand an den Kopf haben möchtest, dann bleib noch eine Sekunde länger da stehen.«

Er verschwand, indem er die Tür hinter sich zuknallte.

Ich sah und hörte nichts mehr von ihm, und mitunter tat mir das recht leid. Wenn er mich auch viel Zeit, Geld und Ärger gekostet hatte, er war ein erstklassiger Liebhaber gewesen und eine verkörperte Enzyclopädie.

Eines besonders trübsinnigen Tages trieb es mich ins Reformhaus. Ich wollte – seligen Angedenkens – Sanddornschnitten kaufen, vielleicht sogar Weizenkeimlinge. In dem Laden war eine einzige Kundin, die von einer langen Einkaufsliste all die Köstlichkeiten ablas, die auch ich einst zu mir genommen hatte. Mir fiel auf, daß sie bemerkenswert schöne Beine hatte und eine mir bekannte

Stimme. Neugierig trat ich neben sie. Da wandte sie mir ihr Gesicht zu und sah mich an. Es war Monika, Christian Dörings Frau.

»Oh, guten Tag«, sagten wir gleichzeitig, gaben uns artig die Hand und lächelten freundlich. Ich hatte Monika nur einmal gesehen, und damals war sie mir – seltsamerweise – kaum aufgefallen. Allerdings hatte ich auch wenig Gelegenheit gehabt, sie näher zu betrachten. Wir waren zusammen im Kino gewesen – Monika und Christian, mit dem sie zu der Zeit noch nicht verheiratet gewesen war, Udo und ich. Nach der Vorstellung hatten wir noch ein paar belanglose Sätze miteinander gewechselt und uns dann getrennt.

»Es sind liebe Menschen und gute Freunde«, hatte Udo auf dem Heimweg bemerkt, »aber leider kann man nicht viel mit ihnen anfangen.«

Jetzt freilich kam mir der Gedanke, daß man – mit Monika jedenfalls – einiges anfangen konnte. Sie hatte eine auffallend gute Figur, einen großen, schönen Mund und Augen, die ebenso sanft und dunkel waren wie ihre Stimme.

»Wie ich sehe«, sagte ich zu ihr, »halten Sie auch viel von Vollwert-Nahrung.«

Sie nickte und lächelte verträumt.

»Schmeckt sie Ihnen auch?«

»O ja, ausgezeichnet sogar.«

»Mir nicht.«

Monika zog ein Portemonnaie aus der Tasche. Sie hatte schmale, lange Finger, und an ihrer rechten Hand prangte ein breiter Ehering.

»Wie geht es Udo?« fragte ich.

»O danke, sehr gut. Er überarbeitet jetzt Drehbücher für die Synchronisationsfirma meines Mannes.«

»Meine Hochachtung«, sagte ich mit bitterem Spott.

Monika streifte mich mit sanftem, dunklem Rehblick, legte das Geld auf den Tisch, tat die Pakete in eine Tasche und gab mir die Hand.

»Auf Wiedersehen«, sagte sie mit ihrem hübschen, verträumten Lächeln.

»Auf Wiedersehen, und grüßen Sie Udo von mir.«

»O ja, das werde ich tun.«

Ich sah ihr nach, als sie zur Tür ging. Merkwürdig, dachte ich, daß Udo sie in all den Monaten so selten erwähnt hat.

Ich hatte Udo nie mißtraut, hatte ihn einer Lüge, eines Betrugs gar nicht für fähig gehalten. Er war so sehr der Typ des beständigen, treuen Mannes, daß mir jeder Zweifel absurd vorgekommen wäre. Daß er bei Dörings aus und ein ging, als gehöre er zur Familie, hatte ich keineswegs befremdend gefunden. Die Dörings hatten Geld, eine hübsche, warme Wohnung und einen gefüllten Eisschrank. Christian, ein robuster, tüchtiger, vitaler Mann, war seit Jahren mit Udo befreundet. Er hatte ihn, den Schwächeren, Lebensfremden unter seine Fittiche genommen und ihm jederzeit mit Rat und Tat zu Seite gestanden. Den Rat allerdings hätte er sich sparen können, denn Udo schätzte an Christian nur den Freund und nicht den Menschen.

»Er ist in seiner Entwicklung steckengeblieben«, hatte er erklärt. »Er ist unernst, oberflächlich und wenn es ums Geld geht, geradezu charakterlos.«

Auch in seine Äußerungen über Monika hatte sich immer ein geringschätziger Ton gemischt: »Sie ist ein nettes, anständiges Mädchen, aber leider aus sehr spießigen Verhältnissen. Man merkt es ihr immer wieder an.«

Da ich sie damals noch nicht kannte, war meine erste Frage gewesen: »Ist sie hübsch?«

»Na ja, manchmal kann sie recht gut aussehen.«

Bei der Hochzeit, die mit kirchlicher Trauung und allen Feierlichkeiten vollzogen wurde, war Udo Trauzeuge gewesen. Sein Bericht hatte sich auf zwei Sätze beschränkt: »Monika hat beinahe schön ausgesehen...« Und dann, nach einem längeren, versonnenen Schweigen: »Das wird keine glückliche Ehe.«

Es wurde tatsächlich keine glückliche Ehe – so jedenfalls schloß ich aus Udos raren, kurzen Kommentaren.

»Christian ist ein Despot«, sagte er einmal, »und das arme Mädchen hat nicht die Möglichkeit, sich zu entfalten.«

»Vielleicht gibt es da gar nichts zu entfalten.«

»Bei jedem Menschen gibt es etwas zu entfalten, und Monika ist ein introvertierter Typ. Wahrscheinlich ist mehr aus ihr herauszuholen, als man auf Anhieb vermutet. Aber dazu braucht man Geld, Zartgefühl und psychologische Erfahrung.«

Bei dieser Bemerkung hätte ich hellhörig werden müssen, denn Udos Drang, sich als geduldiger, zartfühlender Psychologe zu betätigen, war mir nur allzugut bekannt. Aber da er ja schon an mir ein weites Betätigungsfeld hatte, schenkte ich seinen Worten keine Beachtung und überhörte auch den entscheidenden Satz: »Monika tut mir wirklich leid. Man müßte ihr helfen!«

Jetzt, ein dreiviertel Jahr später, fiel mir das alles ein. Ich lief verärgert durch die Straßen, kaute an meinen Sanddornschnitten und sagte mir, daß ich Gespenster sähe. Ein Moralist wie Udo würde sich nie und nimmer an der Frau seines besten Freundes vergreifen. Aber die Ungewißheit blieb, und am Abend rief ich Udo an und bat ihn zu kommen.

Obgleich mein Anruf ein Triumph für ihn sein mußte, ließ er es mich nicht spüren. Er kam sofort und behandelte mich mit milder Nachsicht. Er schien mir anschmiegsamer, zärtlicher als zuvor, und ich schämte mich meiner unsinnigen Verdächtigungen. Es war der erste Abend, an dem wir, ein Herz und eine Seele, in allem übereinstimmten.

Auch in den folgenden Tagen und Wochen vertrugen wir uns besser als früher. Udo hatte sich zu seinem Vorteil verändert. Er war toleranter geworden und einsichtsvoller. Dinge, die er mir früher sehr übelgenommen hätte – ein Glas Kognak zum Beispiel, eine bissige Bemerkung, der Anruf eines Bekannten –, nahm er jetzt gelassen hin. Und selbst als ich eines Abends zaghaft erklärte, eine beruflich wichtige Verabredung zu haben, machte er keine Einwände. Im ersten Moment war ich ihm dankbar dafür, aber dann überkam mich ein leises, bohrendes Unbehagen.

Am nächsten Tag fragte ich ihn, mit was er sich den Abend vertrieben habe. Er sagte, er sei im Kino gewesen.

»Allein?« wollte ich wissen.

»Mit Monika.«

»Ach... und Christian?«

»Der hatte angeblich eine späte Besprechung.«

»Betrügt er sie?«

»Natürlich.«

»Und sie ihn auch?«

Er sah mich mit seinem starren, glitzernden Metallblick an und wurde weiß.

»Warum sollte sie nicht...«, bemerkte ich achselzukkend.

»Du mußt nicht immer von dir auf andere schließen«, sagte er kalt. »Monika ist ein unverdorbenes, anständiges Mädchen, und sie hat einen einwandfreien Charakter.«

»Im Gegensatz zu mir.«

»Ja, im Gegensatz zu dir.«

»Dann geh doch zu ihr!« schrie ich ihn an. »Legt euch und eure einwandfreien Charaktere zusammen und werdet glücklich!«

»Du bist wieder einmal übererregt«, sagte er, zog ein Fläschchen mit homöopathischen Tropfen aus der Tasche und hielt es mir hin. Ich schlug es ihm wütend aus der Hand.

Es war etwa einen Monat später. Ich lag mit einer starken Erkältung im Bett und wartete auf Udo. Er hatte versprochen, um elf Uhr zu kommen, aber jetzt war es bereits halb zwölf. Ich wunderte mich. Udo hatte seine Krankenpflegerpflichten stets sehr ernst genommen. Am Abend zuvor war er besonders umsichtig und einfühlsam gewesen. Er hatte mich mit einem heißen Zitronensaft, einem kalten Wickel und vielen Tropfen und Pillen versorgt. Gegen neun Uhr hatte er mir noch zwei Schlaftabletten gegeben und sich dann mit einem ziemlich merkwürdigen Satz verabschiedet. »Arme Kleine«, hatte er gesagt, »wie schade, daß so viel an dir verkorkst worden ist.« Darauf hatte er mich sanft geküßt und war gegangen.

Um zwölf, als Udo immer noch nicht erschienen war, rief ich bei Dörings an. Christian war am Apparat, und ich nannte meinen Namen und fragte, ob Udo zufällig bei ihm wäre. Einen Moment lang herrschte Totenstille am anderen Ende. Dann hörte ich einen unheimlichen Ton – ein Schnauben, Prusten oder Stöhnen, und schließlich brach sich eine dröhnende Stimme Bahn: »Nein, er ist nicht hier, dieser Schweinehund, und der Himmel möge verhüten, daß er mir jemals wieder unter die Augen kommt, sonst...«

Ich hielt den Hörer ein Stück von meinem Ohr ab und lauschte gebannt einer wahren Flut an Drohungen, Verwünschungen und Flüchen. Christian war ein heftiger, impulsiver Mann, und er tat sich, bei Gott, keinen Zwang an.

»So«, sagte ich, als er völlig außer Atem eine Pause einschalten mußte, »und jetzt erklären Sie mir doch bitte mal, was vorgefallen ist.«

»Ich komme gegen fünf Uhr früh nach Hause«, begann er mit einigermaßen beherrschter Stimme, »schleiche mich, um Monika nicht zu wecken, in die Wohnung und finde auf meiner Couch ein trautes Paar: meine liebe Frau und meinen besten Freund in einer ziemlich eindeutigen Situation.«

»Was heißt ziemlich eindeutig? Dabei oder nicht dabei?«

»Nein, aber vielleicht ein paar Minuten davor oder ein paar Minuten danach – so genau will ich das gar nicht wissen!«

»Waren sie ausgezogen?«

»Nein, aber völlig zerzaust und benommen, und dann hatten sie weder Schuhe noch Strümpfe an.«

»Vielleicht wollten sie Tautreten gehen. Bei Udo kann man so etwas nie wissen.«

»Sie scheinen einen unerschütterlichen Humor zu haben, aber mir ist er restlos vergangen!«

»Verständlicherweise. Und dann?«

»Meine Frau ist mit einem gellenden Schrei ins Badezimmer gerannt, und Udo, dieses miserable Häufchen Elend, hat sich zu seiner vollen Größe emporgereckt und erklärt: ›Ich ziehe selbstverständlich die Konsequenzen und heirate Monika.‹ Stellen Sie sich das vor! Dieser faule, unfähige Nichtskönner, der ohne mich längst verhungert wäre, zieht die Konsequenzen! Steht da wie der gekreuzigte Jesus Christus persönlich und kommt sich auch so vor. Na, und da habe ich ihm vielleicht einen Kinnhaken versetzt – die Zähne haben ihm nur so gescheppert, und das Blut ist ihm aus der Nase gespritzt. Er ist rücklings zu Boden gegangen und hat sich dabei noch den Kopf an einer Tischkante angeschlagen.«

»Ist er verletzt?«

»Ich hoffe es. Ich hoffe, er hat eine schwere Gehirnerschütterung. Aber eine Ratte wie er ist leider sehr zäh. Als er wieder zu sich kam, habe ich ihn aus der Wohnung geworfen und die Schuhe hinterher!«

»Und wo ist er jetzt?«

»Liebe gnädige Frau, das weiß ich nicht, und das ist mir auch scheißegal. Von mir aus kann er im Leichenschauhaus sein!«

Er kam am frühen Nachmittag. Groteskerweise hatte er zur Feier des Tages seinen besten Anzug angezogen, einen blauen, der, um einige Schattierungen zu hell und einige Zentimeter zu eng, einen Stich ins Geckenhafte hatte. Dazu trug er ein weißes Hemd, dessen Kragen so steif war, daß sich sein Hals unter dem Druck zu blähen schien. Sein Gesicht war geschwollen und hatte die Farbe ungebackenen Teigs. Das Weiß seiner Augen war rot geädert, und seine schmalen Lippen waren zu einem Ausdruck tiefer Verbitterung verkniffen. Er bewegte sich mit äußerster Vorsicht, woraus ich schloß, daß ihm einige Stellen seines Körpers und Kopfes sehr weh taten.

»Du bist spät dran«, sagte ich und versuchte die Ahnungslose zu spielen. Aber er ließ sich nicht täuschen. Er stand am Fußende meines Bettes und blickte feindselig auf mich hinab.

»Na schön«, sagte ich, »machen wir's kurz. Das Theater hat lange genug gedauert – eine schmierige Komödie, findest du nicht? Ein Hinterhofdrama. Ich habe dir dummerweise mehr Geschmack zugetraut.«

Er schwieg, er zuckte nicht mit der Wimper. Es war nicht Scham, die ihn da stumm und starr am Fleck festhielt, es war Überheblichkeit.

»Du fühlst dich wohl auch noch im Recht, was?«

»Ja, ich fühle mich im Recht«, sagte er. »Ich werde mich immer im Recht fühlen gegen Menschen, wie ihr es seid. Menschen wie Christian und du, Ungeheuer, die rücksichtslos und brutal andere aussaugen und dann wegwerfen. So hat Christian es mit Monika, so hättest du es mit mir getan.«

»Ihr tut mir leid«, sagte ich, »ihr tut mir unsagbar leid. Wie ihr uns ausgeliefert seid, ihr Schöngeister – uns und unseren Brieftaschen, uns und ...«

Er drehte sich um und stolzierte zur Tür.

»Du mißglückter Albert Schweitzer«, schrie ich ihm nach, »du aufgeblasene Null, du pathologischer Vollwertheuchler!«

Er blieb stehen, zog aus der Tasche seiner zu engen Jacke ein Fläschchen und warf es mir zu. »Baldrian«, sagte er, »Schafgarbe, Erdrauch und Salbei. Eine ausgezeichnete Beruhigungsmischung. Nimm 20 bis 30 Tropfen.«

Das Letzte was ich von Udo Franke sah, waren sein durchgedrücktes Kreuz und sein angeschlagener, aber hoch erhobener Kopf.

Der Snob

Die Frauen fanden Andy interessant, die Männer fanden ihn degoutant. In beiden Fällen tat man ihm zuviel der Ehre an.

Ich kannte Andy gut genug, um zu wissen, daß er weder das eine noch das andere war. Er hatte einen bemerkenswert niedrigen Blutdruck, das war das einzig Bemerkenswerte an ihm. Es war dieser niedrige Blutdruck, der sein Äußeres und Inneres geprägt, der sein Leben entscheidend beeinflußt und ihm den Ruf eingetragen hatte, ein interessanter oder auch degoutanter Mann zu sein.

Ein Arzt, der Andys Zustand bedenklich fand, hatte ihm zu kreislaufanregenden Injektionen geraten: »Sie werden sehen, Herr Brunner, in Kürze sind Sie ein anderer Mensch, vital, aktiv...«

Andy hatte das Sprechzimmer fluchtartig verlassen und mir später im Ton der Entrüstung erzählt: »Der Idiot wollte einen vitalen, aktiven Menschen aus mir machen. Was für ein schrecklicher Gedanke!«

Es war in der Tat ein schrecklicher Gedanke, denn Andys einziger Reiz war seine überwältigende Passivität.

Andy war ewig müde. Es war nicht die Müdigkeit eines Menschen, der zuviel arbeitet und zuwenig schläft, denn Andy arbeitete nicht und holte den Schlaf, den er in der Nacht versäumt hatte, am Tage nach. Nein, es war eine angeborene Müdigkeit, eine, die bis ins Mark ging und ihm zweifellos von seiner aristokratischen Mutter vererbt worden war. Und Andy wußte diese Müdigkeit zu pflegen und zu bereichern. Da waren seine Trägheit, seine Langeweile, sein Überdruß, seine absolute Gleichgültigkeit. Es gab nichts in Andys Leben, das ihn interessiert, gefreut, begeistert, das ihm ein herzhaftes Lachen entlockt, das seine Schritte und Pulse beschleunigt hätte. Er sprach mit leiser, monotoner Stimme, bewegte sich, als sei er am Ende seiner

Kraft, und sah aus wie die Karikatur eines degenerierten österreichischen Grafen um die Jahrhundertwende. Er war sehr lang, sehr schmal, sehr blaß. Er hatte glattes schwarzes Haar, das wie eine Kappe seinen Kopf umschloß, dunkle elegische Augen, die er nie zu ihrer vollen Größe öffnete, und einen kleinen gepflegten Schnurrbart, an dem er ständig mit Zärtlichkeit herumfingerte. Die Männer nannten ihn einen blasierten, dekadenten Dandy, und sie wollten nicht verstehen, daß es gerade das war, was die Frauen in Scharen zu ihm hinzog. Selbstverständlich gab es da auch noch einen anderen Grund ihres Ärgers, eben den, der Ehen zerstört, Liebespaare entzweit, junge Mädchen in prekäre Situationen gebracht und hysterische Frauen zu Selbstmordversuchen getrieben hatte. Denn Andy, so hatte es sich herumgesprochen, war ein sensationeller Liebhaber.

»Er ist so potent«, hatte mir einmal eine gutaussehende, verwöhnte Dame in aller Offenheit gestanden, »so brutal und in einem Maße unbeteiligt, daß ich mir dabei wie eine Prostituierte vorkomme.«

Diese Bemerkung hatte ich Andy weitererzählt, aber ohne Erfolg. Er hatte die Achseln gezuckt und mit tödlich gelangweilter Stimme gesagt: »Je schlechter man die Weiber behandelt, um so geiler werden sie. Gott, ist das alles fad...«

Fad war das Wort, das er am häufigsten benutzte, denn fad drückte all das aus, was sich in ihm und um ihn herum abspielte: Fad war der Whisky, den er in gewaltigen Mengen in sich hineingoß; fad waren die Lokale, die er besuchte, um ein paar Austern oder ähnliche Leckerbissen zu verzehren; fad waren die berühmten Sommerkurorte, die internationalen Wintersportplätze, die Luxushotels, Yachten und Spielkasinos; fad waren die Frauen, und fad war das, was sie zu bieten hatten: Liebe, Küsse, Geschwätz, Körper, Tränen, Leidenschaft und unerwünschte Schwangerschaften; fad war in einem Wort das Leben, und noch fader war der Tod, weil – so hatte er sich unter Gähnen ausgedrückt – dann überhaupt nichts mehr geschah.

Andy, der nach Jahren völliger Untätigkeit zu der Erkenntnis gekommen war, daß er sich für keinen Beruf eignete, hatte schließlich unter dem Druck seines aufwendigen Lebens eine Bar eröffnet. Sie war nicht viel größer als ein normaler Wohnraum, und er hatte sie eigenhändig und mit viel Geschmack eingerichtet. Da war sehr viel dunkles Holz, sehr wenig Licht, fünf winzige Tische, eine lange massive Bar und ein ebenso reiches wie auserlesenes Sortiment an Getränken und Musikkassetten.

Es war die erste und einzige Leistung in Andys Leben, und da er im wahrsten Sinne des Wortes mehr Glück als Verstand hatte, erwies sie sich sogar als lukrativ. Die Bar wurde zum Treffpunkt derjenigen, die sich zur Prominenz zählten: Filmschaffende, Playboys, Modeärzte und Anwälte, Neureiche, Adelige und natürlich Frauen – eine wahre Auslese an hübschen Frauen.

Andy konnte sich bald erlauben, seinen Snobismus und seine Preise auf die Spitze zu treiben. Er stellte ein hübsches, geschäftstüchtiges Mädchen und eine echte, formgewandte Gräfin hinter die Bar und ließ sich nunmehr von seinen Gästen verwöhnen.

Selbstverständlich fand er auch das fad, und um sich die Zeit zu vertreiben, würfelte er mit den Herren um beachtliche Einsätze oder schaute den Damen ins Dekolleté. Aber kein noch so empfindlicher Verlust beim Spiel, kein noch so reizvoller Busenansatz im Dekolleté konnten ihm ein Zeichen der Erregung entlocken. Das war es, was die Herren zu immer höheren Einsätzen, die Damen zu immer gewagteren Attacken hinriß.

Irgendwann muß er doch zu treffen sein, sagten sich die Herren.

Irgendwie muß er doch zu fangen sein, sagten sich die Damen.

Und Andy, mit teilnahmslosem Gesicht und leiser monotoner Stimme, bestellte auf seine Kosten eine neue Flasche Champagner. Irgendwann würde er die Herren unter den Tisch gewürfelt haben. Irgendwie würde er sich mit der attraktivsten der Damen (er wußte längst welche) aus seinem Lokal stehlen. Es war immer dasselbe. Es war abgrundtief fad.

Eines strahlend schönen Frühlingstages rief mich Andy an und erklärte, daß er dieses Leben satt habe.

»Du bist verkatert, Andy«, tröstete ich. »Schlaf noch ein Weilchen. Es ist ja erst zwölf Uhr.«

»Ich bin seit Jahren jeden Morgen verkatert«, sagte er mit matter Stimme, »aber so prägnante Gedanken wie heute hatte ich noch nie.«

»Vielleicht setzt dir der Frühling so zu. Menschen mit niedrigem Blutdruck spüren ihn besonders und verfallen dann immer tiefen Depressionen.«

»Ich habe seit Jahren jeden Morgen tiefe Depressionen, aber...«

»Ich weiß, so prägnante Gedanken wie heute hattest du noch nie. Also, was willst du?«

»Ich will mich verlieben.«

»Du bist ein verkappter Sentimentaler, mein Lieber. Aber das sind Menschen deines Schlages häufig.«

»Hör doch endlich auf mit deinen psychologischen Halbwahrheiten, und gib mir einen vernünftigen Rat.«

»Steh auf, putz dir die Zähne, und stell dich unter die Dusche.«

»Du merkst offenbar nicht, daß es mir ernst ist. Ich will mich verlieben, hörst du... ich muß mich verlieben, sonst werde ich verrückt!«

»Du scheinst in einem bedenklichen Zustand zu sein.«

»Kannst du mir nicht helfen, Schätzchen?«

»Wie denn?«

»Find mir ein Mädchen, mit dem man im Park spazierengeht oder im Kino sitzt und Händchen hält. Ein junges, frisches, unberührtes Mädchen...«

»Mensch, Andy!«

»Ein Mädchen, das anders ist als all die Weiber, mit denen ich tagtäglich, nachtnächtlich in Berührung komme.«

»Ein solches Mädchen würde sich hüten, mit dir in Berührung zu kommen.«

»Das käme auf den Versuch an.«

»Ich fürchte, ich kann dir da nicht helfen. Mädchen, wie du sie dir in deinen Frühlingsträumen vorstellst, gibt es nicht mehr. Die sind ausgestorben.«

Ein paar Tage darauf traf ich Jutta Wieland auf der Straße. Ich traute meinen Augen nicht. Ich hatte sie als unbeholfenen, formlosen Backfisch in Erinnerung, aber das, was jetzt vor mir stand, war ein prachtvolles junges Mädchen. Sie war ziemlich groß und trug ein helles Jerseykleid, das sich an ihre straffen, langen Oberschenkel, den flachen Bauch, die vollen, beneidenswert festen Brüste schmiegte.

»Donnerwetter, Jutta«, rief ich, »wie hast du denn das in so kurzer Zeit gemacht?«

Sie warf lachend ihren braunen Bubikopf zurück und ließ mich den Glanz ihrer makellosen Zähne und die Glätte ihrer Aprikosenhaut bewundern.

Belustigt stellte ich fest, daß ich in diesem Augenblick an Andy dachte und an seine Worte: »Find mir ein Mädchen, mit dem man im Park spazierengeht oder im Kino sitzt und Händchen hält, ein junges, frisches, unberührtes Mädchen...« Unberührt, na ja, das wußte ich nicht, aber sonst entsprach sie voll und ganz Andys Frühlingsträumen.

»Wie alt bist du jetzt eigentlich, Jutta?« fragte ich.

»Bald neunzehn«, sagte sie.

»Und was tust du?«

»Ich gehe auf die Sprachenschule.«

Natürlich! Fast jedes hübsche Mädchen aus guter Familie wurde, bis sie den geeigneten Mann gefunden hatte, auf die Sprachenschule geschickt.

»Sprachenschule, aha... und was macht deine Mutter?«

»Ach, immer dasselbe! Schreibt für Frauenzeitschriften irgendwelche Artikelchen über Kochen, Nähen, Kindererziehung und Blumenpflege.«

Es war ganz offensichtlich, daß Jutta nicht viel von den Artikelchen ihrer Mutter hielt, und das konnte ich ihr auch nicht verübeln.

Ich kannte Juttas Mutter seit meinem zwölften Lebensjahr. Sie hatte, ein junges, puppenhaft hübsches Mädchen, zu dem weitläufigeren Bekanntenkreis meiner Eltern gezählt. Knapp achtzehnjährig, hatte sie dann einen schönen vermögenden Jungen aus guter Familie geheiratet, der in den letzten Wochen des Krieges gefallen war. Viel später hatte sie ein zweites Mal geheiratet, einen Anwalt, der sie schon in den ersten Monaten ihrer Ehe mit seiner Sekretärin betrogen hatte. Sie hatte sich daraufhin scheiden lassen und begonnen, ihre Artikelchen zu schreiben. Sie war immer noch bildhübsch, aber ebenso konventionell und klischeehaft. Ich sah sie in Abständen von ein, zwei Jahren, und das genügte mir vollauf.

»Wollen wir uns ein bißchen da drüben ins Café setzen?« fragte ich Jutta, die mir weitaus besser gefiel als ihre Mutter.

»O ja, gerne«, sagte sie eifrig.

Wir setzten uns in das Café, und bald unterhielten wir uns sehr angeregt. Ich stellte erfreut fest, daß Jutta über ihre äußerlichen Vorzüge hinaus ein intelligentes, klarsichtiges Mädchen war, das mit beiden Beinen in der Wirklichkeit stand. Und wieder mußte ich an Andy denken und daran, daß er sich an diesem aparten Geschöpf die Zähne ausbeißen würde. Sie würde ihm die Abfuhr geben, die er schon lange verdient hatte.

Es war Schadenfreude, die mich Andy anrufen und damit das Unheil heraufbeschwören ließ.

»Andylein, ich sitze hier mit dem Mädchen deiner Träume.«

»Ein junges, frisches, unberührtes Mädchen?«

»Ob sie unberührt ist, mußt du selber herausfinden.«

»Wo sitzt ihr?«

Ich sagte ihm wo, und eine knappe Viertelstunde später schlenderte er gelangweilt in das Café. Er trug einen Blazer, eine dunkelgraue Flanellhose und eine ausnehmend schöne Krawatte.

»Andy«, rief ich, »was für eine Überraschung! Kommst du oft in dieses schreckliche Café?«

»Täglich zweimal.«

Er küßte mir die Hand, dann schaute er Jutta an. Sein Gesicht blieb ausdruckslos, und selbst ich konnte nicht feststellen, ob ihm das Mädchen viel, wenig oder gar nichts sagte.

Ich machte die beiden miteinander bekannt. Andy drückte kurz und ohne die Spur eines Lächelns Juttas Hand, fragte dann, ob er sich einen Moment dazu setzen könne.

»Aber bitte«, sagte ich.

Andy setzte sich, befingerte zärtlich seinen Schnurrbart und schaute gedankenverloren ins Leere. Ich wurde unruhig und versuchte, ein Gespräch in Gang zu bringen. Aber Andy blieb abwesend, und auch Jutta war plötzlich verstummt. Sie spielte nervös mit einer langen Kette, die sie um den Hals trug, und beobachtete einen kläffenden Zwergpinscher, der auf dem Schoß einer gewaltigen Dame saß.

Ich war enttäuscht. Die Geschichte lief ganz anders, als ich es mir erhofft hatte. Aus der strahlenden, selbstsicheren Jutta war jetzt wieder ein unbeholfener Backfisch geworden. Es war Andy tatsächlich gelungen, sie einzuschüchtern.

Er bestellte einen Espresso, zog ein Päckchen Zigaretten aus der Tasche und hielt es erst mir, dann Jutta hin. Sie nahm eine, obgleich sie bei mir mit der Begründung abgelehnt hatte, sie rauche nicht.

Daß sie wirklich noch nie geraucht hatte, merkte man schon beim ersten Zug. Andy griff über den Tisch, nahm ihr die Zigarette aus der Hand und drückte sie aus.

»Kind«, sagte er, »es ist nicht unbedingt nötig, daß Sie sich das Rauchen angewöhnen.«

Jutta lachte verlegen und erklärte, daß sie plötzlich, zum ersten Mal, Lust auf eine Zigarette gehabt hätte. Andy sah sie an – lange, ernst und mit undurchdringlicher Miene.

Schließlich fragte er mit müder Stimme: »Tragen Sie eigentlich einen Büstenhalter?«

Jutta wurde rot, faßte sich aber schnell und parierte mit Kaltschnäuzigkeit: »Ich brauche nichts zu halten.«

»Aha«, machte Andy, trank seinen Espresso in zwei Schlucken aus und stand auf.

»Wollen wir ein wenig im Park spazierengehen?« fragte er Jutta.

Sie schaute erst ihn, dann mich unsicher an.

»Auf die liebe gnädige Frau brauchen Sie keine Rücksicht zu nehmen«, sagte Andy. »Wie ich sie kenne, hat sie bis zum Abend noch mindestens fünf Verabredungen, nicht wahr, Schätzchen?«

»Mindestens«, sagte ich und warf ihm dabei einen warnenden Blick zu.

»Ich kann jetzt trotzdem nicht spazierengehen«, erklärte Jutta, »ich muß schleunigst nach Hause.«

»Gut«, meinte Andy, »wenn es so eilt, bringe ich Sie mit dem Wagen nach Hause.«

»Ja, aber…« Wieder sah sie mich an, und ich merkte, daß sie das Angebot lockte.

»Laß dich ruhig von ihm nach Hause fahren«, sagte ich. »Er hat einen silbergrauen Alfa Romeo mir roten Ledersitzen. Mehr kann man nicht verlangen.«

Andy zahlte, und wir verließen das Café. Ich begleitete die beiden noch bis zum Wagen. Als Jutta eingestiegen war und Andy die Tür hinter ihr zuschlug, hatte ich ein unbehagliches Gefühl.

Andy meldete sich wochenlang nicht mehr bei mir, und ich hatte die Angelegenheit längst vergessen, als ein Anruf von Lisa, Juttas Mutter, kam.

»Kind«, sagte sie, »sei so gut und komm heute im Laufe des Nachmittags bei mir vorbei. Ich muß dich dringend sprechen.«

Ihre Stimme, die ziemlich hell war und selbst in Momenten der Erregung variationsarm, verriet mir nichts. Dennoch war mir plötzlich beklommen zumute, und ohne auch nur eine Frage zu stellen, sagte ich zu und hängte ein. Der Anruf ließ mir keine Ruhe und trieb mich schon um drei Uhr zu Lisa. Sie öffnete mir, und ihr Anblick verblüffte mich wie immer, wenn ich sie lange Zeit nicht mehr gesehen hatte.

Irgendwann, dachte ich mir, muß sie doch alt werden.

Aber sie wurde es nicht. Obgleich sie ganz sicher Mitte vierzig war, sah sie immer noch aus wie Mitte dreißig. Sie hatte eine weich gerundete Figur und eine bezaubernde Nase in einem niedlichen, mädchenhaften Gesicht. Da sie fast ganz auf Ausdruck und Mienenspiel verzichtete, war es hübsch, glatt und leer geblieben. Sie trug ein rostfarbenes Kostüm, das ebenso frisch und unangetastet aussah wie ihr gelocktes, glänzendes Haar und ihr dezentes Make-up. Sie lächelte mich mit den Mundwinkeln an, wodurch die Augenpartie geschont wurde, sagte ein paar belanglose Sätze und führte mich ins Zimmer, das denselben hellen, frischen, niedlichen Anblick bot wie seine Bewohnerin.

Inmitten der zierlichen Möbel und zarten Pastellfarben stand Jutta und sah uns mit dem Ausdruck eines bockigen Kindes entgegen.

Andy, war mein erster Gedanke, und im Nu gingen mir all die Abscheulichkeiten durch den Sinn, die er ihr angetan haben konnte.

»Guten Tag, Jutta«, sagte ich in besonders herzlichem Ton, »wie geht es dir?«

»Das wird dir Mutti gleich erzählen«, erwiderte sie verdrießlich.

»Ja«, sagte Lisa und ließ sich in einem der kleinen Brokatsessel nieder, »kommen wir gleich zu dieser unerfreulichen Sache.« Sie strich ihren Rock glatt, zupfte automatisch ein Löckchen zurecht und sah mich mit schönen, aber ausdruckslosen Augen an.

»Es handelt sich hier um einen gewissen Andy Brunner, den Jutta in deiner Gesellschaft kennengelernt hat.«

Also tatsächlich Andy, dieser Schuft! Ich zündete mir eine Zigarette an und wartete bedrückt auf eine sehr unangenehme Eröffnung.

»Kennst du diesen Mann gut?« fragte mich Lisa in einem Ton, der schon von vornherein mißbilligend war.

»Ja, ich kenne ihn gut.«

»Was ist das für ein Mann?«

Jutta sah mir mit ängstlicher Spannung ins Gesicht. Ich überlegte rasch, ob ich schwindeln, drum herum reden oder die Wahrheit sagen sollte.

»Du kannst ruhig sagen, was du über ihn denkst«, erklärte Jutta aggressiv, »an meiner Einstellung ändert es sowieso nichts.«

»Na schön«, sagte ich. »Ich halte ihn für keinen empfehlenswerten Mann und würde jeder Frau dringend von ihm abraten.«

»Na bitte«, rief Lisa mit einem triumphierenden Blick auf ihre Tochter. »Ich hoffe, Jutta, du siehst jetzt endlich ein, daß ich mit meiner Meinung nicht allein stehe. Der Mann, das habe ich auf den ersten Blick erkannt, ist nicht das Schwarze unter dem Nagel wert. Und all die Erkundigungen, die ich über ihn eingeholt habe, haben mein Urteil bestätigt. Dieser Mann ist ein arroganter, egozentrischer, verantwortungsloser, schmieriger Kerl, der dir eines Tages einen solchen Schlag versetzt, daß dir Hören und Sehen vergeht!«

»Ich habe schon hundertmal erklärt, daß das nichts an meiner Einstellung ändert«, sagte Jutta mit dem ganzen Hochmut der Jugend. »Ich liebe ihn nämlich!«

»O je!« entfuhr es mir mit berechtigtem Schrecken.

Lisa sah mich ratlos an.

»Es ist entsetzlich«, sagte sie mit hoher Stimme, »Jutta

ist wahnsinnig geworden! Ich könnte es ja noch verstehen, wenn es sich um einen netten jungen Mann aus guter Familie handeln würde, aber so...! Dieser ekelhafte, blasse Taugenichts, der in der ganzen Stadt als Schürzenjäger verrufen ist. Der außer Jutta bestimmt noch ein Dutzend anderer Frauen hat...«

»Nein«, sagte Jutta mit eisiger Ruhe, »die hat er nicht!«

Lisa fuhr herum, und eine so heftige Bewegung hätte ich ihr nie zugetraut. »Ach, red dir doch nichts ein!« rief sie. »Natürlich hat er, und was für eine Sorte Frauen! Und zu dieser Sorte, mein liebes Kind, wirst jetzt auch du gezählt – du, für deren anständige Erziehung ich kein Opfer gescheut habe! Nie hätte ich geglaubt, daß meine Tochter, ein anständiges, vernünftiges Mädchen, mit einem liederlichen Barbesitzer loszieht. Ich habe, weiß Gott, für viel Verständnis, und ich bin...«, hier wandte sie sich mir zu, »...eine moderne Frau, die keine Prüderie kennt...«

Sie machte eine Pause, wohl um mir die Möglichkeit zu geben, ihr beizupflichten. Aber da ich zögerte, nutzte Jutta die Pause aus.

»Lassen wir das, Mutti«, sagte sie mit einem Seufzer. »Es tut mir leid, daß ich dich enttäuscht habe, aber ich kann es nicht ändern. Ich liebe Andy, und außerdem bin ich ihm hörig.«

»Hörig!« schrie Lisa auf. »Du solltest dich schämen, Jutta! Was weiß denn ein neunzehnjähriges Mädchen von Hörigkeit? Zu meiner Zeit...«

»Ich lebe nicht zu deiner Zeit, und ich bin ihm hörig!«

Es verschlug Lisa nicht ganz zu Unrecht die Sprache, und das gab mir Gelegenheit, mich in die Auseinandersetzung zu mischen. »Jutta«, sagte ich mit betonter Schroffheit, »deine Affären interessieren mich nicht, und darum kannst du sicher sein, daß ich unparteiisch bin und die Wahrheit sage: Andy ist ein Mann, der in dem Moment, wo er seiner Sache sicher ist, das Interesse verliert. Wenn du ihn wirklich liebst, dann laß ihn zappeln. Und wenn du das nicht fertigbringst, solange er in deiner Nähe ist, fahr eine Zeitlang weg. Das allein würde Andy imponieren und dir einen gewissen Abstand geben.«

»Eine großartige Idee«, rief Lisa, »also, Jutta, du könntest doch zu Tante Lou nach Florida fahren. Sie würde glücklich sein, und du hättest ein paar herrliche Wochen.«

Jutta schwieg eine Weile, aber ihr Gesicht war jetzt nicht mehr so trotzig. Der Gedanke, das sah ich, sagte ihr zu, und wahrscheinlich überlegte sie bereits, was für einen Badeanzug sie sich kaufen sollte.

»Meinst du wirklich?« fragte sie mich schließlich.

»Und ob ich das meine! Was glaubst du, wie es Andy beeindrucken wird! Ein Mädchen, das nicht nach seiner Pfeife tanzt, das plötzlich, unvorhergesehen, seine Koffer packt und nach Florida fährt. Er wird auf dich warten, er wird sich nach dir sehnen, mehr, Jutta, als wenn du jederzeit zu seiner Verfügung stehst.«

»Ja«, sagte sie, »ja, das leuchtet mir ein.«

Zwei Wochen später flog Jutta zu Tante Lou nach Florida. Dort lernte sie einen jungen, gutaussehenden, vermögenden Deutsch-Amerikaner kennen, der, so versicherte Tante Lou, aus bestem Hause war. Es dauerte nicht lange, bis sie leidenschaftlich verliebt und ehrenhaft verlobt war. Lisa flog zur Hochzeit hinüber, und als sie zurückkehrte, berichtete sie strahlend von dem großartigen Deutsch-Amerikaner aus bestem Hause, vom jungen Eheglück, von Juttas eleganter Garderobe, von einem Buick, einem Acht-Zimmer-Haus, einer Geschirrspülmaschine, kurzum, von einem Leben in Luxus, Sonne und Seligkeit. Sie küßte mich sogar und dankte mir für meinen genialen Einfall, der alles noch zu einem guten Ende geführt hatte.

Aber Andy dankte mir den Einfall nicht, und er schwor, dem Ende noch ein kurzes Nachspiel beizufügen.

»Diese Lisa«, drohte er, »diese kleine, selbstgerechte Spießerin werde ich mir kaufen.«

»Ach Andy«, sagte ich, »sei doch nicht so töricht! Lisa hat in diesem Fall vollkommen recht gehabt. Du bist ein Halunke und hättest Jutta eines Tages abgeschoben wie all die anderen auch.«

»Auf meine Art war ich in Jutta sehr verliebt.«

»Deine Art hätte ein solches Mädchen umgebracht. Oder willst du jetzt etwa behaupten, du hättest dich ihr zuliebe geändert, hättest sie geheiratet, Kinder gezeugt und dein Leben im trauten Familienkreis beschlossen?«

»Ein paar Monate mit mir hätten sie glücklicher gemacht als ein ganzes Leben mit diesem blöden Deutsch-Amerikaner.«

»Du bildest dir viel ein, mein Lieber. Ich möchte nur wissen worauf hin.«

»Das darfst du nicht mich, das mußt du deine Geschlechtsgenossinnen fragen. Die scheinen bei mir ungeahnte Möglichkeiten zu entdecken.«

»Nicht jede Frau mißt diesen Dingen eine so ungeheure Wichtigkeit bei.«

»Doch, jede, die erst einmal auf den Geschmack gekommen ist... selbst eine dumme Gans wie Lisa.«

»Du, da gehe ich jede Wette ein, daß du bei Lisa nicht weit kommen würdest.«

»Bitte schön«, sagte er, »ich nehme die Wette an. Du mußt sie mir nur heranschaffen, das andere besorge ich dann selber.«

Die Geschichte reizte mich, und ich wandte viel Eifer und Geschicklichkeit auf, um sie baldmöglichst in Szene zu setzen. Schließlich gelang es mir, Lisa in einer größeren Gesellschaft in Andys Bar zu locken. Sie sträubte sich gar nicht, denn erstens hatte sie schon einen Schwips, und zweitens war sie – wie sie immer wieder betonte – eine moderne Frau, die für vieles Verständnis hatte und keine Prüderie kannte.

Als wir den Raum betraten, lehnte Andy an der Bar im Gespräch mit einer jungen, gutaussehenden Dame. Er war wie immer tadellos gekleidet, und sein Gesicht war leicht gebräunt, was ihm besser stand als die milchige Blässe. Er grüßte zu uns herüber, indem er eine Verbeugung andeutete und die Augenbrauen leicht emporzog. Dann setzte er seine Unterhaltung fort, und das niedliche kleine Barmädchen rückte zwei Tische zusammen, holte noch ein paar Stühle herbei und erkundigte sich nach unseren Wünschen.

Mindestens eine Stunde geschah gar nichts. Andy, der direkt in Lisas Blickfeld stand, plauderte leise mit der jungen Dame, trank Whisky und schaute nicht ein einziges Mal in unsere Richtung.

Lisa dagegen, die immer aufgekratzter wurde, warf oft einen verstohlenen Blick zu ihm hinüber. Schließlich gesellte sich zu Andy und der jungen Dame ein neuer Gast, und bald darauf verließ ich den Tisch und ging, indem ich Andy ein verstohlenes Zeichen machte, in die Garderobe hinaus. Er ließ eine Weile verstreichen, bevor er mir folgte.

»Was ist denn nun?« fragte ich ungeduldig.

»Was soll denn sein?«

»Glaubst du vielleicht, daß du es auf diese Weise schaffst?«

»Misch dich nicht in meine Taktik. Meine Stärke liegt darin, den richtigen Moment abzupassen. Und der richtige Moment ist gekommen, wenn Lisa das zehnte Glas Sekt hinter sich hat und sich die Frage stellt, warum ich sie nicht beachte.«

»Ich würde lachen, wenn sie nach dem neunten Glas Sekt und ohne sich die Frage zu stellen, dein Lokal verläßt.«

»Ach Schätzchen...«, sagte er nur, griff nach meiner Tasche, öffnete sie und entnahm ihr ein Feuerzeug, in das meine Initialen eingraviert waren.

»So«, sagte er, »das tust du jetzt in Lisas Tasche, und morgen gebe ich's dir zurück... Nun geh schon, sonst schöpft das Püppchen noch Verdacht.«

Aber Lisa war von jedem Verdacht weit entfernt. Sie

hatte bereits die Übersicht verloren, und als Andy eine Weile später wieder hereinkam, winkte sie ihn an unseren Tisch.

»Was kann ich für Sie tun, gnädige Frau?« fragte er mit höflicher Unnahbarkeit.

»Setzen Sie sich doch ein bißchen zu uns, lieber Herr Brunner«, sagte sie mit einer schlecht gelungenen Mischung aus Koketterie und Ironie, »oder haben Sie vielleicht etwas gegen mich?«

»Aber ganz im Gegenteil, gnädige Frau.« Er setzte sich so, daß er sie nicht berühren, aber genau im Auge behalten konnte, und bestellte zwei Flaschen Champagner.

Mittlerweile war schon die ganze Gesellschaft angetrunken, und jeder versuchte, den anderen zu überschreien und die Aufmerksamkeit auf sich zu lenken. Nüchtern waren zufälligerweise nur Andy und ich. Er wirkte in diesem Kreis lauter, gestikulierender, rotangelaufener Menschen angenehm kühl und distinguiert. Ein langes Bein über das andere geschlagen, den Ellenbogen auf das Knie und das Kinn in die Hand gestützt, saß er ernst, schweigsam und regungslos da. Er sah Lisa unverwandt an. Der müde, fast angewiderte Zug um seinen Mund, die Teilnahmslosigkeit in seinen Augen standen in verwirrendem Widerspruch zu seinem beharrlichen Blick.

Ich hatte Lisa nie ganz natürlich erlebt, aber jetzt waren ihr Lächeln, ihre Stimme, ihre Bewegungen derart manieriert, daß ich es kaum noch ertragen konnte. Sie lachte mit sehr hoher, vibrierender Stimme und redete pausenlos dummes Zeug. Andy dagegen tat nur zweimal den Mund auf. Einmal, um sie zu fragen, wie alt sie sei, was sie mit einem hektischen Lachen unbeantwortet ließ, und das zweite Mal, um ihr zu sagen, daß sie ein sehr hübsches Profil hätte, aber eine spießige Frisur. Daraufhin verschwand sie für längere Zeit in der Toilette, vermutlich um sich im Spiegel zu betrachten. Während ihrer Abwesenheit schrieb Andy etwas auf einen Zettel, den er mir anschließend zuschob.

»Ich möchte mit Ihnen schlafen«, stand da in schlichten Worten.

»Das kannst du nicht machen, Andy!« flüsterte ich ihm erschrocken zu.

Er forderte den Zettel zurück, faltete ihn zusammen und behielt ihn in der Hand.

Lisa, mit aufgelockerter Frisur und frisch geschminkten Lippen, kam zurück und setzte sich wieder an ihren Platz. Sie behauptete, zuviel getrunken zu haben und nach Hause zu müssen.

Andy rollte den Zettel zwischen den Fingern und schaute über Lisas Kopf hinweg ins Leere. Einer der Herren bestellte eine neue Flasche Champagner, und eine Dame verlangte mit weinerlicher Stimme nach einer Frank-Sinatra-Platte. Ein Blumenverkäufer betrat das Lokal, und plötzlich wollten sämtliche Herren an unserem Tisch sämtlichen Damen einen Strauß roter Rosen kaufen. Es entstand ein heilloses Durcheinander, und diesen Moment nahm Andy wahr, um Lisa den Zettel in die Hand zu drücken.

Ich versuchte, die Unbefangene zu spielen – gähnte, trank, rauchte und beobachtete Lisa dabei aus den Augenwinkeln. Sie hatte in dem Bruchteil einer Sekunden den Zettel entfaltet, gelesen und in der Faust zusammengeknüllt. Jetzt saß sie da mit dem glasigen Blick und der unnatürlich steifen Haltung einer Schaufensterpuppe. Andy streichelte zärtlich seinen kleinen Schnurrbart und sah müde vor sich hin. Die anderen waren immer noch mit den Rosen beschäftigt. Einer der Herren überreichte Lisa einen Strauß und erlöste sie damit aus ihrer Starre. »Das ist aber reizend von Ihnen«, sagte sie und senkte das Gesicht in die Blumen. »Wie herrlich sie duften!«

Jemand wollte ihr die Rosen wieder wegnehmen und in eine Vase stellen.

»Nein, nein«, protestierte sie, »ich gehe sowieso gleich!« Man wollte sie nicht gehen lassen, aber Lisa war nicht zurückzuhalten.

»Seid doch vernünftig, Kinder«, rief sie. »Ich bin todmüde und nehme mir ein Taxi.«

»Ich werde Ihnen eins bestellen«, erklärte Andy und verließ den Tisch. Lisa starrte ihm einen Moment lang mit dem Ausdruck eines hypnotisierten Kaninchens nach, dann begann sie, sich mit viel Geschnatter zu verabschieden. Währenddessen angelte ich mir ihre Tasche und warf mein Feuerzeug hinein. Ein paar Minuten später kam Andy an den Tisch.

»Gnädige Frau«, sagte er, »das Taxi ist da.«

Lisa erhob sich hastig, und er begleitete sie hinaus. Ich wartete noch eine halbe Stunde, aber Andy kehrte nicht mehr zurück.

Am nächsten Tag trafen wir uns, und er überreichte mir mein Feuerzeug.

In seinem Gesicht war nicht die Spur eines Triumphes.

»Wir war es?« fragte ich.

»Wie immer.«

»Ich begreife nicht, wie du es immer wieder schaffst.«

»Mit Snob-Appeal.«

»Ja, aber bei Lisa hätte ich schwören können ...«

»Gerade Lisa ist ein leichtes Opfer. Eine hübsche Frau, die nicht mehr jung ist und andauernd fürchtet, ihre Anziehungskraft verloren zu haben, reagiert auf Gleichgültigkeit besonders heftig.«

»Das kann doch nicht der einzige Grund sein!«

»Nein, sicher nicht. Dazu kommt, daß sie ihr Leben lang unbefriedigt war und Jutta wohl recht offen über meine Qualitäten gesprochen hat.«

»Entsetzlich«, sagte ich.

»Fad«, sagte er.

»Wirst du sie wiedersehen?«

»Es wird mir zunächst einmal nichts anderes übrigbleiben.«

»Und was soll daraus werden?«

»Gar nichts. Wenn es mir zuviel wird, werde ich ihr erklären, daß eine anständige Frau wie sie nicht mit einem Gigolo wie mir... und ihr guter Ruf... und das Geschwätz der Leute... und daß es wohl das beste wäre, wenn sie auf einige Zeit zu Tante Lou nach Florida führe...«

Und so geschah es. Etwa zwei Monate später packte Lisa ihre Koffer und fuhr – der Erholung wegen per Schiff – nach Florida. Sie kehrte ein halbes Jahr später zurück, aber Andys Bar betrat sie nie wieder.

Der Hartnäckige

Kurz nach neun weckte mich das Telefon. Der Apparat stand auf dem Nachttisch neben meinem Bett. Ohne den Kopf zu heben, griff ich nach dem Hörer, schob ihn zwischen Ohr und Kissen und meldete mich mit einem mürrischen Hallo.

»Na du...«

Es war eine muntere männliche Stimme, die bei dem langgezogenen Du in einen hohen Ton umkippte.

Ich seufzte.

»Schläfst du noch?«

»Ja.«

»Dann wach jetzt mal auf.«

»Nein.«

»Ich bin in drei Minuten bei dir.«

Diese Mitteilung riß mich hoch.

»Bitte nicht, Jürgen«, sagte ich mit Nachdruck.

»Wieso? Bist du nicht allein?«

»Natürlich bin ich allein.«

»Na, so natürlich...«

»Ich bin allein und möchte allein bleiben.«

»Wie lange?«

»Noch lange.«

»Schön, dann bin ich eben in einer halben Stunde bei dir.«

»Jürgen«, jammerte ich, »laß mir doch bitte, bitte meine Ruhe. Vor dem Frühstück kann ich mit keinem Menschen sprechen.«

»Sprechen sollst du ja auch gar nicht...«

Der Satz ging in einem rauhen Knurren unter.

»Was machst du da eigentlich?« fragte ich mißtrauisch.

»Ich räkele mich und stelle mir vor...«

»Was du dir vorstellst, will ich gar nicht wissen.«

»Ach Liebling, du bist ein durch und durch unsinnlicher Mensch.«

»Find dich damit ab.«

»Ich kann mich nicht damit abfinden. Soll ich jetzt gleich kommen oder in einer halben Stunde?«

»Weder noch, Jürgen, weder noch.«

»Der Zufall wollte es, daß wir in ein und demselben Hotel wohnen ...«

Ich ließ ihn nicht aussprechen. »Hätte ich geahnt, daß du hier wohnst«, rief ich ehrlich verärgert, »ich wäre bestimmt woanders hingezogen.«

Er lachte. Was immer ich jetzt für einen Ton anschlug, er würde spurlos an ihm abgleiten. Wenn Jürgen etwas erreichen wollte, dann war er glatt wie ein Aal und dickhäutig wie ein Elefant.

»Laß mich noch ein Weilchen schlafen«, versuchte ich es jetzt wieder mit klagender Stimme, »ich bin spät ins Bett gekommen.«

»Wem sagst du das! Um elf habe ich dich, wie vereinbart, das erstemal angerufen, um eins das letztemal. Wer ist denn der Herr?«

»Welcher Herr?«

»Wegen dem du nach Berlin gekommen bist.«

»Mein Onkel. Er ist gestorben. Um zwölf Uhr dreißig findet die Beerdigung statt.«

»Ach du Himmel! Hast du ihn gern gehabt?«

»Nicht sonderlich. Aber ich mag Beerdigungen nicht.«

»Mein Armes! Ich komme dich gleich trösten.«

»Jürgen ...«, begann ich, und dann gab ich auf.

»Komm in einer halben Stunde«, sagte ich, »und keine Sekunde früher.«

Ich hängte ein und ließ mich verdrossen aufs Kissen zurückfallen.

Ich hatte Jürgen Wels vor etwa fünf Jahren auf einer sogenannten Party kennengelernt. Er hatte sehr eindrucksvoll ausgesehen – groß und schlank, in einem nachtblauen

Smoking, eine rote Nelke im Knopfloch. Bei seinem Erscheinen war es stiller geworden in dem großen Raum. Die Stimmen hatten sich gesenkt, die Blicke waren ihm gefolgt. Dann war er im Nu von einer Schar jüngerer Leute umringt gewesen, die ganz eindeutig zur intellektuellen Schicht der Party gezählt hatten. Jürgen Wels hatte mit lauter Stimme und beredten Gesten das Wort geführt, und seine jungen Bewunderer hatten ihm andächtig gelauscht.

Eine Weile hatte ich den eindrucksvollen Mann mit der roten Nelke beobachtet und mir dabei überlegt, wer und was er wohl sein könne. Ich war nicht darauf gekommen. Dafür aber hatte ich festgestellt, daß sein Gesicht dem eines Ziegenbocks glich – eines sehr intelligenten, kultivierten Ziegenbocks selbstverständlich.

Zu vorgerückter Stunde und nicht mehr ganz nüchtern war ich ihm dann vorgestellt worden. Seine Anbeterschar hatte sich in tanzende und flirtende Pärchen aufgelöst, und er, in einer Gruppe von drei Herren, schien nach Publikum Ausschau zu halten.

Mein Begleiter hatte den günstigen Augenblick wahrgenommen und mich ihm eilfertig zugeführt. »Jürgen Wels«, hatte er verkündet, »sicher hast du schon viel von ihm gehört.«

»Nein«, hatte ich erwidert, »aber der Name kommt mir trotzdem irgendwie bekannt vor.«

Mein Begleiter war verlegen geworden, die drei anderen Herren hatten verstohlen gegrinst, und nur der intelligente Ziegenbock war in schallendes Gelächter ausgebrochen. »Kommen Sie«, hatte er gesagt, »tanzen wir!«

Er hatte sehr schwungvoll getanzt, und ich hatte meine Frage wiederholt: »Nun sagen Sie mir schon, wer Sie sind.«

»Jürgen Wels.«

»Und weiter?«

»Das werde ich Sie demnächst wissen lassen.«

Er hatte an diesem Abend noch oft mit mir getanzt und sich zum Schluß meine Adresse notiert.

Meine Unwissenheit mußte ihn gereizt haben, denn schon zwei Tage später hatte er mir eins seiner Bücher geschickt. In der Zwischenzeit hatte ich mich natürlich längst erkundigt und erfahren, wer er war. Jeder hatte seinen Namen gekannt und viele sogar seine Bücher. Ich war immer sehr vorwurfsvoll angesehen worden, auch von denjenigen, die seine Bücher nicht gelesen hatten: »Na hör mal! Du solltest eigentlich wissen, daß Jürgen Wels zu unseren beachtlichsten Schriftstellern zählt.«

Ich hatte mich daraufhin eifrig über sein Buch hergemacht und festgestellt, daß er wirklich ein beachtlicher Schriftsteller war.

Kurze Zeit darauf war sein Anruf gekommen. »Wissen Sie jetzt, wer ich bin?« hatte er nicht ohne Selbstgefälligkeit gefragt.

»O ja, ich weiß es, und ich bin beeindruckt.«

Ich war in der Tat beeindruckt gewesen und außerdem geschmeichelt über seinen Anruf.

»Hätten Sie Zeit und Lust, morgen um fünf bei mir Tee zu trinken?«

»Ja«, hatte ich gesagt, »sehr gern.«

Danach hatte ich jedem, der es hören oder nicht hören wollte, erzählt, daß mich Jürgen Wels zum Tee eingeladen hatte. Ich war stolz gewesen. Immerhin war er ein beachtlicher Schriftsteller, ein Mann, den alle kannten.

Er bewohnte – unter anderem – ein Atelier. Der große schöne Raum hätte mir gefallen, wenn er etwas besser geheizt gewesen wäre.

»Hier arbeite ich«, hatte Jürgen Wels erklärt, »und hier spiele ich Junggeselle.«

Letzteres war an der Unordnung deutlich zu erkennen gewesen.

Berge an Manuskripten und Zeitungen hatten herumgelegen, dazwischen Orangenschalen, wertvolle alte Münzen und Gefäße, schmutziges Geschirr, Krawatten, Eukalyptusbonbons und dergleichen mehr.

Die Wände waren mit Bildern und Fotografien bedeckt.

Die Bilder hatte er selbst gemalt. Sie waren abstrakt, und die Farben gefielen mir. Die Fotografien zeigten archäologische Ausgrabungen. Er hatte mir dazu erklärt, daß die Archäologie sein Hobby sei. Jedes Jahr verschwand er auf zwei Monate, um an irgendeiner Expedition teilzunehmen.

Ich hatte mir gerade überlegt, woher er die Zeit zu all diesen Beschäftigungen nahm, als mir ein Cello aufgefallen war.

»Cello spielen Sie doch hoffentlich nicht auch noch?« hatte ich gefragt.

»O doch, und sogar recht gut.«

»Mein Gott, wie bringen Sie denn das alles unter einen Hut?«

»Wie meine verschiedenen Kinder und Frauen auch«, hatte er lachend erwidert.

Und dann hatte ich erfahren, daß er insgesamt vier Kinder hatte; eine geschiedene Frau, eine Frau, mit der er verheiratet war, und darüber hinaus eine Anzahl junger Damen ... sehr reizvolle Geschöpfe, wie er sich ausgedrückt hatte.

»Und wo sind die alle?«

»Hier und da«, hatte er gesagt und mich mit großer Bestimmtheit in die Arme genommen.

Wirklich, ich war voller Bewunderung gewesen. Diese Aktivität, diese vielseitigen Begabungen, dieses abenteuerliche Privatleben und die Mühelosigkeit, mit der er das alles im Griff hatte. Noch bevor das Teewasser kochte, war mir klar geworden, daß er mich ebenfalls in den Griff bekommen wollte. Ich war nicht darauf gefaßt gewesen und, ehrlich gesagt, auch nicht dafür. Wohl hatte er mir imponiert – er war immerhin ein beachtlicher Schriftsteller, ein Mann, den alle kannten –, aber als Liebhaber war er mir gar nicht in den Sinn gekommen. Ein Mann, der einen beeindruckt, braucht einen noch lange nicht zu reizen, und das hatte ich ihm, ziemlich verlegen, zu erklären versucht. Er jedoch, ein Mensch von ungeheurer Aktivität und vielseitigen Begabungen, hatte von meinen Erklärungen keinerlei Notiz genommen. Es war ihm wohl ganz gleichgültig gewesen, ob er mich reizte oder nicht, und für lange Debatten hatte er begreiflicherweise auch keine Zeit. Dennoch hatte ich seine Attacken lange zu verhindern gewußt und listig immer neue Interessen vorgetäuscht: Da waren das Tonbandgerät und das Cello, ein alter ägyptischer Krug und römische Münzen, seine Bücher und Bilder. Dann hatte ich Tee trinken wollen und nach einem elektrischen Heizofen verlangt. Jürgen Wels wäre nicht der erfolgreiche Jürgen Wels gewesen, wenn er nicht auch das alles mit leichter Hand bewältigt hätte. Er hatte das Tonband laufen lassen, Tee gekocht, aus verschiedenen Büchern vorgelesen, einen Heizofen herbeigeschleppt, Cello gespielt. Er hatte mich geküßt und betätschelt, er hatte mir die Schuhe ausgezogen und mich schließlich auf die Couch gebettet.

Es war kurz vor acht, als ich, erschöpft und verwirrt, seinem dynamischen Betätigungsdrang erlag.

Es kratzte einmal kurz an der Tür, dann trat er, ohne eine Antwort abzuwarten, ins Zimmer. An ihm vorbei schoß Emilio, ein irischer Setter.

Er zählte zu Jürgen Wels' neuesten Errungenschaften und hatte die Aufgabe, dekorativ auszusehen. Da ihn diese Aufgabe aber nicht auszufüllen schien, befand er sich in dem bedauernswerten Zustand ständiger Überreiztheit.

»Soll ich abschließen?« fragte Jürgen Wels, bevor er sich mir zuwandte.

»Nein«, sagte ich, »wozu?«

»Man kann nie wissen.«

»Doch, man kann.«

Der Hund, die Nase am Boden, zog hektische Kreise.

»Emilio«, schrie ich, »Platz!«

Der Setter hob Kopf und Schweif, strahlte mich einen

Moment lang mit einem Ausdruck irrer Freude an und fuhr dann fort, seine Kreise zu ziehen.

»Das Tier steht kurz vor einem Nervenzusammenbruch«, sagte ich, »Kunststück, wenn man mit dir zusammenleben muß.«

Jürgen Wels lachte. Er trug einen dunkelblauen Rollkragenpullover, graue Hosen und Strümpfe. Schuhe hatte er nicht angezogen. Dafür hatte er eine Vase mit roten Tulpen mitgebracht.

»Wo hast du denn die Blumen her?«

»Sie standen auf einem Tisch im Gang.«

Er stellte die Vase auf den Nachttisch und beugte sich zu mir hinab: »Guten Morgen, Liebling...«

Seine Stimme wurde bei dem Wort Liebling dünn und brüchig, die Lider senkten sich tiefer über die Augen, die Lippen schürzten sich zum Kuß.

Ich zählte Jürgen Wels zu meinen liebsten Freunden, aber in diesem Moment, in dem er sich in der lächerlichen Pose eines schmachtenden Jünglings über mich beugte, konnte ich ihn nicht leiden. »Setz dich«, sagte ich.

»Kein Kuß?« fragte er, ohne Haltung und Gesichtsausdruck zu verändern.

»Nein.«

»Warum nicht?«

»Weil mir nicht danach ist.«

»Vielleicht wird dir danach.«

»Merkst du eigentlich nicht, daß du mir mit diesem Getue schrecklich auf die Nerven gehst?«

»Ich merke es«, sagte er und küßte mich.

Einen Moment lang war ich starr vor Wut. Dann stemmte ich die Fäuste gegen seine Brust und drehte das Gesicht zur Seite. »So erreichst du gar nichts!« sagte ich angewidert.

»Was will ich denn erreichen?«

Er setzte sich aufs Bett und lachte mich gutgelaunt an. »Was du in solchen Fällen immer erreichen willst. Du mußt jede Gelegenheit ausnutzen, nicht wahr?«

»Liebling, ich bin wirklich nicht auf Gelegenheiten angewiesen. Ich bin vollkommen ausgelastet.«

»Ja, aber was ist es dann?«

»Ich mag dich, mag dich sogar besonders gern. Du bist hübsch anzusehen. Du hast eine schöne Haut. Das Zimmer hier ist sehr behaglich. Draußen regnet es. Willst du noch mehr Gründe hören?«

»Nein«, sagte ich, »es langt.«

»Sind es vielleicht keine akzeptablen Gründe?«

»Für dich, aber nicht für mich – jedenfalls nicht jetzt und schon gar nicht mit dir.«

Das war eine harte Antwort, aber er nahm sie mit größtem Gleichmut auf.

»Schade«, sagte er nur, »wirklich schade.« Gleichzeitig griff er unter die Decke nach meinem Fuß.

»Nicht doch«, sagte ich, »das kitzelt.«

»Bist du so kitzlig?«

»Laß bitte meinen Fuß los«, sagte ich.

»Hast du da eine erogene Stelle?«

Ich zog ihm den Fuß mit einem Ruck weg. »Ich habe weder da noch woanders eine erogene Stelle.«

»Liebling, ich könnte dir ganz schnell beweisen...«

»Deine Eingleisigkeit ist erschreckend«, unterbrach ich ihn. »Kannst du denn an nichts anderes mehr denken?«

»Es gibt Tage«, sagte er lachend, »an denen ich so lange an nichts anderes denken kann, bis ich... na ja, bis ich eben.«

Jetzt mußte auch ich lachen. Es war einfach unglaublich, wie der Trieb die Welt eines Mannes auf einen einzigen Punkt reduzierte. Ich nahm mir vor, es mit Humor zu nehmen und mich nicht mehr darüber zu ärgern. »Was hältst du von einem Frühstück?« fragte ich.

»Eine gute Idee«, sagte er und stand sogleich auf, um es telefonisch zu bestellen. Ich nahm die Gelegenheit wahr, um schnell an ihm vorbei ins Badezimmer zu entkommen. Der Hund sprang auf und lief hinter mir her. Er wollte unbedingt mit ins Bad, und ich klemmte ihm fast die

Schnauze ein. Während ich die Zähne putzte und die Haare kämmte, scharrte und japste er beharrlich an der Tür. Ich konnte mich des Gedankens nicht erwehren, daß sich Männer und Hunde oft ähnlich verhielten.

Als ich ins Zimmer zurückkehrte, wurde ich lebhaft begrüßt. Der Hund sprang in närrischer, völlig ungerechtfertigter Freude an mir hoch, sein Herr fing mich auf. »Das nennt man exakte Zusammenarbeit«, lachte er, während ich mich der feuchten Schnauze des einen und der liebevollen Umschlingung des anderen zu entziehen suchte.

»Platz, ihr beiden!« rief ich.

Der Hund folgte, der Mann nicht.

»Jürgen bitte...«

»Mir scheint, du hast zugenommen, Liebling. Du fühlst dich voller an.«

Der Hund hatte inzwischen meine Strümpfe vom Stuhl gezerrt und führte damit eine Art Schleiertanz auf. Jürgens Hände krochen wie zwei große Spinnen auf meine Hüften zu. Ich hatte mir vorgenommen, es mit Humor zu nehmen, aber wenn der Hund jetzt nicht sofort von meinen Strümpfen abließ und Jürgen von meinem Körper, dann...

Zum Glück klopfte es in diesem Augenblick an die Tür. Emilio mit dem Rest seines Urinstinkts nahm die lauernde Haltung eines Jagdhundes ein, Jürgen ließ mich los, und ich war mit einem Satz im Bett.

Der Kellner, einen Tisch vor sich herrollend, wünschte uns allen einen schönen guten Morgen.

Ich frühstückte im Bett, Jürgen am Tisch. Die Entfernung wirkte sich versöhnlich auf mich aus, und ich hoffte, daß wir nun endlich zu unserem freundschaftlichen Ton und einer ergiebigen Unterhaltung zurückfinden würden. Aber Jürgen schien nichts daran gelegen, mich mit seinen geistigen Gaben zu erfreuen. Er, der amüsant und witzig ein anspruchsvolles Publikum zu fesseln verstand, war heute einsilbig und zerstreut. Meine Hoffnung auf einen erquicklichen Morgen schwand mit derselben Geschwindigkeit, mit der er sein weich gekochtes Ei verschlang. Ich überlegte, ob es nicht vielleicht doch besser sei, ihm seinen Willen zu lassen und damit meine Ruhe und sein Gleichgewicht wiederherzustellen.

Aber schon im nächsten Augenblick empörte ich mich gegen den Gedanken und gleichzeitig gegen Jürgen, der ihn mir aufgedrängt hatte.

Eine Zumutung, sagte ich mir, eine glatte Unverschämtheit! Unsere Freundschaft in allen Ehren, aber das geht zu weit. Nur weil ihm danach ist, soll ich mich bereitwillig zur Verfügung stellen. Nein, mein Lieber, ich habe dir den Gefallen ein paarmal getan, aber diesmal nicht!

Ich schaute zu Jürgen hinüber. Er hatte sein hastiges Frühstück bereits beendet und schien nur darauf zu warten, mir das Tablett von den Knien zu nehmen. Ein bißchen Eigelb klebte an seinem Kinn, und dieser kleine gelbe Fleck, ein Zeichen seiner schamlosen Ungeduld, schien mir, irritierte mich.

»Wisch dir das Kinn ab«, sagte ich drohend, »du hast gekleckert.«

Er wischte sich gehorsam das Kinn ab, dann stand er auf.

»Bleib doch da drüben sitzen, das ist mir viel angenehmer.«

»Du bist unfreundlich, Liebling.«

»Kunststück!«

Er näherte sich dem Bett, und ich wußte, daß jeder Versuch, ihn aufzuhalten, erfolglos sein würde.

»Ich muß mich gleich anziehen«, sagte ich, »um zwölf Uhr dreißig ist die Beerdigung.«

»Jetzt ist es erst zwanzig nach zehn.«

»Ich möchte vorher noch packen. Mein Flugzeug geht am Nachmittag.«

»Bleib noch eine Nacht. Ich fahre morgen zurück und nehme dich mit.«

»Das fehlte mir gerade noch!«

Er stand jetzt neben dem Bett und wollte mir das Tablett wegnehmen.

»Moment«, rief ich, »ich habe noch nicht ausgetrunken!«

Er stellte die Tasse wortlos auf den Nachttisch und das Tablett auf den Boden.

»Rück ein wenig, ich bin ruhebedürftig.«

»Ich auch.«

Er ließ sich auf keine Diskussionen mehr ein, kletterte über mich hinweg und legte sich neben mich. Der Hund wollte auch aufs Bett.

»Schön«, sagte ich, »ich räume Emilio das Feld.«

Das Telefon klingelte. Ich versetzte dem Hund zunächst einmal einen Stoß, dann nahm ich den Hörer ab. Es war Fräulein Schröder, die langjährige Sekretärin meines Onkels.

»Gnädige Frau«, sagte sie mit gepreßter Stimme, »mein allerherzlichstes Beileid zum Todes Ihres Onkels. Er war ein so guter, verständnisvoller Mensch.«

»Ja«, seufzte ich und beobachtete entrüstet, wie sich Jürgen den Pullover über den Kopf streifte.

»Die Familienangehörigen«, fuhr Fräulein Schröder fort, »versammeln sich im Hause Ihres Onkels, um dann gemeinsam zum Friedhof zu fahren.«

Der Hund hatte sich über das am Boden stehende Tablett hergemacht, und Jürgen begann sich die Hose aufzuknöpfen.

»Ich komme direkt zum Friedhof«, sagte ich.

»Ja, aber wie machen wir das dann mit dem Kranz?«

»Welchem Kranz?«

Jürgen lag jetzt nur mit einer Unterhose und Socken bekleidet neben mir. Im Anzug sah er sehr gut aus, aber so war er kein reizvoller Anblick. Seine Haut war unangenehm fahl und kaum behaart. Er hatte die Augen geschlossen, und in seinem Gesicht war ein Ausdruck lüsterner Erwartung.

»Ich habe einen wunderschönen Kranz für Sie besorgt«, sagte Fräulein Schröder. »Weiße Chrysanthemen.«

Zum Teufel mit den weißen Chrysanthemen, dachte ich, zum Teufel mit Jürgen Wels!

»Bringen Sie den Kranz bitte zum Friedhof«, sagte ich, »ich nehme ihn dann dort in Empfang.«

Fräulein Schröder erklärte sich einverstanden, und ich hängte ein. Jürgen streckte sich, gab eine Reihe hoher, brüchiger Töne von sich und griff nach meinem Arm. Ich riß mich los und sprang aus dem Bett.

»Liebling, was ist denn?«

Ich stand da, stocksteif vor Empörung, und schaute auf ihn hinab.

»Du stehst da wie Frau Lot persönlich. Kannst du mir nicht sagen, was passiert ist?!«

Ich wollte ihn nicht anschreien, und darum sprach ich mit betont leiser Stimme. »Es ist idiotisch«, sagte ich, »idiotisch und grotesk!«

»Was?«

»Der Tanz, den du hier seit einer guten Stunde aufführst – dieser Tanz ums Bett.«

»Wenn du mittanzen würdest, Liebling...«

»Jürgen, ich habe dir bereits am Telefon erklärt, daß ich nicht will.«

»Auf die diesbezüglichen Erklärungen einer Frau soll man sich nie verlassen.«

»Daß sie ernstgemeint waren, solltest du im Laufe einer Stunde eigentlich festgestellt haben.«

»Auch ernstgemeinte Erklärungen sind nicht unerschütterlich.«

»Mitunter sind sie es eben doch.«

»Hast du einen Eid geleistet, nicht mit mir ins Bett zu gehen?«

»Ich habe keinen Eid geleistet, ich habe einfach keine Lust. Verstehst du das, Jürgen: Ich habe keine Lust!«

»Natürlich verstehe ich das.«

»Und warum gibst du dann keine Ruhe?«

»Weil ich unruhig bin.«

Er verschränkte die Arme hinter dem Kopf und lachte mich an. Ich starrte auf die Büschel langer, schwarzer Haare in seinen Achselhöhlen. Sie schienen mir der Inbegriff an Häßlichkeit. Ich nahm eine Zigarette vom Nachttisch, zündete sie an und ließ mich in einen Sessel fallen. Ein ganzer arbeitsreicher Tag hätte mich nicht mehr erschöpfen können als die Stupidität und Nichtigkeit dieser einen Stunde.

Jürgen rollte sich auf die Seite, stützte den Kopf in die Hand und schaute schweigend zu mir herüber. Der Hund kam, legte seine Schnauze auf meine Knie und blickte mir mit dem Ausdruck eines Botticelli-Engels ins Gesicht. Ein stilles Flehen ging von beiden aus, ein leiser Vorwurf. Ich hatte plötzlich das Gefühl, sie ungerecht behandelt zu haben. Hätte ich dem guten Tier nicht ruhig meine Strümpfe überlassen können und dem guten Freund meinen Körper?

»Jürgen«, sagte ich schließlich mit freundlicher Stimme, »erklär mir doch bitte, was da in einem Mann vorgeht, wenn er unter allen Umständen eine Frau haben will.«

Er schien jetzt einen seiner seltenen Anfälle von Melancholie zu haben.

»Das kann man einer Frau nicht erklären«, sagte er betrübt.

»Warum?«

»Weil sie es nicht nachempfinden kann.«

»Das würde ich nicht behaupten. Eine Frau empfindet doch auch Verlangen, Lust, Begierde. Es ist doch nicht so, daß sie solche Gefühle nicht kennt.«

»Ja, aber sie äußern sich wohl in einer ganz anderen Form.«

»Wahrscheinlich. Und wie äußern sie sich bei einem Mann?«

»Jetzt willst du die ganze Geschichte auch noch zerreden.«

»Lieber Jürgen, was gibt es da zu zerreden? Es handelt

sich bei uns doch wirklich nicht um ein zärtlich verliebtes Paar, das sich mit Sammetpfötchen vortasten muß. Also kannst du mir doch ruhig erklären, wie es möglich ist, daß sich ein gescheiter, erwachsener Mann plötzlich in einen primitiven, pubertären Narren verwandelt.«

»Du übertreibst.«

»Im Gegenteil. Also, was ist es: Eitelkeit? Selbstbestätigungsdrang? Eroberungssucht? Oder was?«

»Wahrscheinlich von allem etwas. Aber hauptsächlich ist es wohl eine Frage der Einstellung.«

»Wie bitte?«

»Ja, eine Frage der Einstellung. Als ich zum Beispiel heute früh aufwachte, da war ich ganz und gar und überhaupt nur darauf eingestellt.«

»Ich habe mir sagen lassen, daß das bei einem Mann nichts Ungewöhnliches ist.«

»Nein, ist es auch nicht. Aber im allgemeinen muß man ja aufstehen, arbeiten oder sonst was tun, und also schaltet man ab. Heute nun, glaubte ich, nicht abschalten zu müssen. Ich hatte bis ein Uhr nichts zu tun...«

»Und ich war in greifbarer Nähe.«

»Richtig... und darum stellte ich mich auch immer mehr darauf ein. Dabei gerät man leicht in einen Zustand der Monomanie. Man kann an nichts anderes mehr denken als an das, was man haben will... haben muß! Der Gedanke frißt sich in einen hinein – in den Kopf, in den Körper, unter die Haut, in die Fingerspitzen... In diesem Zustand kam ich zu dir – und biß auf Granit. Aber ein Mann in einer derartigen Verfassung kann selbst einen Brocken Granit auffressen. Es kommt dann nämlich ein Punkt, an dem man sich nicht mehr umstellen kann. Der Schritt zurück – ein winziger Schritt, sollte man meinen – kostet einen mehr Kraft als ein mehrstündiger Kampf um die Bereitschaft der Frau.«

Er schwieg und sah mich an, als wollte er sagen: Und all das hast du auf dem Gewissen. Sein Gesicht war immer noch melancholisch und dem des Hundes, der jetzt vor der

Tür saß und beschwörend zur Klinke emporstarrte, nicht unähnlich. Ich mußte lachen.

»Tut mir leid, Jürgen«, sagte ich, »aber in dem Maße, in dem du darauf eingestellt warst, war ich es nicht.«

»Warst du es jemals – ich meine mit mir?«

»Nein, aber das weißt du doch.«

»Das weiß man bei euch Frauen nie.«

»Hast du die paar Mal, die wir miteinander ins Bett gegangen sind, für erschütternde Ereignisse gehalten?«

»Nein, das nun gerade nicht.«

»Na also.«

»Warum hast du es dann überhaupt getan?«

»Aus Freundschaft«, sagte ich, »und auch, um meine Ruhe zu haben. Die meisten Frauen tun es in den meisten Fällen, um ihre Ruhe zu haben.«

Er sah mich ungläubig an, und ich stand auf. »Ich muß mich fertigmachen, Jürgen.«

»Gut«, sagte er, »ich lese solange.«

»Willst du nicht lieber gehen?«

Er schüttelte den Kopf, griff nach einem Buch, das auf meinem Nachttisch lag, und schlug es auf.

Die Badezimmertür ließ sich nicht absperren. Ich probierte es ein paarmal, aber der Schlüssel klemmte. Jürgen sah von seinem Buch auf. »Höhere Gewalt«, sagte er und grinste.

Ich ließ Wasser in die Wanne, tat eine Tube Badedas hinzu und stieg hinein. Es war sehr angenehm, in dem frischen weißen Schaum zu liegen, den Kopf auf ein kleines Gummikissen gebettet, die Augen geschlossen. Eine Zeitlang war es wunderbar still, dann hörte ich ein unmißverständliches Geräusch und öffnete die Augen.

Jürgen Wells stand auf der Schwelle des Badezimmers, an ihm vorbei drängte sich der Hund.

»Soll ich dir den Rücken waschen, Liebling?«

In seiner Stimme war wieder der dünne, brüchige Ton, in seinem Gesicht der Ausdruck lüsterner Erwartung. Ich schaute nur schweigend zu ihm auf.

»Ich kann das sehr gut, weißt du.«

Er kam näher und ließ sich auf dem Rand der Wanne nieder. Auch der Hund, der sich bis dahin in ängstlicher Entfernung gehalten hatte, wagte sich jetzt weiter vor und beäugte mißtrauisch den knisternden weißen Schaum.

»Das sieht so verlockend aus«, sagte Jürgen Wels, »daß ich nicht übel Lust hätte...«

Anstatt den Satz zu beenden, zog er die Socken aus.

Jetzt muß ich schleunigst was unternehmen, dachte ich, sonst ist es zu spät.

Aber es blieb bei diesem Gedanken. Ich war einfach zu müde, zu apathisch, um mich von neuem zur Wehr zu setzen.

»Es lockt ihn das Wasser, es zieht ihn hinab...«, rezitierte Jürgen, entledigte sich des letzten Kleidungsstückes und stieg zu mir in die Wanne.

»Das eine läßt sich mit dem anderen überhaupt nicht vergleichen«, sagte Jürgen Wels, bestrich eine Scheibe Brot mit Butter und Honig und biß hungrig hinein. »Hier hatte ich das Gefühl: marxistische Propaganda in ihrer unbeholfensten Form, aber da drüben...« Er breitete in einer bewunderndernden Geste beide Arme aus: »Diese Klarheit, diese Präzision... mein liebes Kind, das ist gekonnt!«

Ich saß vor dem Spiegel, bürstete mein feucht gewordenes Haar und beobachtete Jürgen, der sich über die Reste des Frühstücks hergemacht hatte und dabei Vergleiche anstellte zwischen einer Brecht-Aufführung, die er in Westdeutschland, und einer, die er in Ost-Berlin gesehen hatte.

Sein Hunger war zurückgekehrt, seine Ruhe, seine Souveränität, sein Verstand. Nichts erinnerte mehr an den besessenen Mann, der mich mit geradezu manischer Ausdauer, mit brüchiger Stimme, rastlosen Händen und jenem peinlichen Ausdruck unbeherrschter Gier bis in die Badewanne verfolgt hatte. Jetzt war er wieder der gutaussehende, gescheite Jürgen Wels, ein Mensch, den ich getrost zu meinen liebsten Freunden zählen durfte. Ich stand auf, trat an den Schrank und nahm ein Kleid heraus.

»Ich muß mich anziehen, Jürgen, es ist höchste Zeit.«

Er erhob sich sofort.

»Du bist wirklich knapp dran«, sagte er, »soll ich dich hinfahren?«

»Nein, danke, ich nehme ein Taxi.«

Er strich mir über den Kopf und gab mir einen kurzen, freundschaftlichen Kuß auf den Mund. Der Hund eilte herbei, leckte mir die Hand und schaute sanft zu mir auf.

Ich begleitete die beiden zur Tür und sah ihnen nach, wie sie nebeneinander den Gang hinabschritten.

Der Junggeselle

Ich hatte Hans Schulte längere Zeit nicht mehr gesehen, und als ich ihm jetzt vor der Käseauslage des feinsten Delikatessengeschäftes der Stadt begegnete, wußte ich sofort, daß er in einer neuen und bedeutenden Phase seines Lebens stand. Das letztemal – es mochte etwa einen Monat her sein – war er noch ganz auf der Seite Schopenhauers gewesen und hatte mit verkniffenem Mund eine Reihe Zitate vom Stapel gelassen, die mir die Minderwertigkeit der Menschen im allgemeinen und die der Frauen im besonderen so recht vor Augen geführt hatte.

Aber heute – was für ein Unterschied! Da stand er, gebräunt, gestrafft, um Jahre verjüngt und liebäugelte mit einem alten Holländer Käse, der die Reife und Farbe eines südlichen Vollmonds hatte. Nein, es bestand gar kein Zweifel, Hans Schultes düstere Betrachtungen waren lebensfrohen Erkenntnissen gewichen, so wie der naßkalte Februar einem lichten, frühlingshaften März.

»Jetzt reiß dich mal von dem Käse los«, sagte ich, an ihn herantretend, »und freu dich, daß es mich überhaupt noch gibt.«

Er freute sich wirklich – laut und überschwenglich, wie es seine Art war.

»Warum hast du dich so lange nicht gemeldet?« fragte er.

»Weil du keine Zeit für mich gehabt hättest.«

»Woher weißt du das?«

»Weil du dich nicht gemeldet hast.«

Er lachte und legte den Arm um meine Schultern: »Für dich habe ich immer Zeit.«

»Quatschkopf«, sagte ich. »Spar dir solche Redensarten für Menschen, die dich nicht schon fünfzehn Jahre kennen. Ist sie wenigstens rothaarig?«

»Rothaarig ist gar kein Ausdruck!« rief er und dann,

ohne die Stimme zu senken: »Ein ganz irres, helles Karottenrot und dazu eine Haut...«

Die Käseverkäuferin, ein junges, blaßblondes Persönchen, wurde ungeduldig: »Wünscht der Herr nun etwas, oder...«

Hans Schulte sah sie an, als würde er ihr im nächsten Augenblick an den Busen fassen. »Der Herr wünscht sogar eine ganze Menge«, sagte er, und das Mädchen kicherte.

Er verstand es, mit Menschen umzugehen, ganz gleich, ob es sich dabei um eine Käseverkäuferin, eine alte Dame oder einen griesgrämigen Beamten handelte. Man nahm ihm seinen frechen Ton nie übel, im Gegenteil, man fand ihn erfrischend, volkstümlich, originell.

»Geben Sie mir zunächst einmal von dem alten Holländer, ein großes Stück, mein Fräulein... ja, so... sehr schön machen Sie das. Und jetzt von dem Emmentaler. Ist er auch nicht zu trocken?«

Sie ließ ihn ein Stück probieren.

»Recht gut, aber geben Sie der Dame vorsichtshalber auch ein Stückchen. Sie hat ein besonders feines Geschmacksempfinden, darum will sie mit mir auch nichts mehr zu tun haben.«

Die Verkäuferin war jetzt ganz außer sich vor Vergnügen. Als es zur Wahl eines französischen Camemberts kam, ließ sie ihn auf ein gutes Dutzend verschiedener Sorten prüfend den Daumen drücken.

Jetzt wurde ich ungeduldig. An der Art, wie Hans Schulte einkaufte, erkannte man den Junggesellen. Er tat es mit der Pedanterie und Bedächtigkeit einer guten Hausfrau.

»Komm jetzt endlich«, drängte ich, »ein Camembert ist so gut wie der andere!«

»Haben Sie das gehört, Fräulein? Als nächstes wird sie noch behaupten, eine Frau sei so gut wie die andere.«

»Nein«, sagte ich, »eine Rothaarige ist besser als jede Blond-, Braun- oder Schwarzhaarige.«

Hans Schulte lachte. Er hatte – wie so viele Männer – eine Vorliebe für Rothaarige, und er hatte schon sämtliche Schattierungen durchexerziert – vom Tizianrot bis zum Rotgold und wieder zurück. Aber diese Karottenrote, das spürte ich, schien es ihm stärker angetan zu haben als all die anderen.

»Wie heißt sie denn?« fragte ich, während wir von Stand zu Stand zogen und Hans Schulte mit Bedacht ein wahres Festmenü zusammenstellte.

»Gisèle«, sagte er.

»Ist sie Französin?«

»Nein.«

»Dann heißt sie wohl schlicht und einfach Gisela.«

»Ja, aber Gisèle paßt besser zu ihr.«

»Hat sie einen Beruf?«

»Fotomodell.«

»Das dachte ich mir.«

»Aber sie ist ganz anders – einfach, natürlich...«

»Und wie alt?«

»Vierundzwanzig«, sagte er und dann mit Stolz: »Viel zu jung für mich.«

Ich konnte nicht widersprechen.

»Außerdem ist sie seit Jahren mit einem Regieassistenten liiert.«

»Dann ist ja alles in bester Ordnung«, sagte ich.

Hans Schulte war seinem Typ treu geblieben, dem Typ des jungen, hirnlosen Mädchens, das sich mit Hilfe eines hübschen Gesichts und einer guten Figur durchs Leben mogelt. Die meisten dieser Mädchen waren – in weiser Voraussicht – verheiratet, verlobt oder zumindest liiert gewesen. Hans Schulte hatte darin nicht etwa einen glücklichen Zufall, sondern eine glückliche Lösung gesehen. Auf diese Weise nämlich war er jeder Verantwortung aus dem Weg gegangen, und das Hintertürchen, durch das er die Jeweilige im entscheidenden Moment abschieben konnte, hatte jederzeit offengestanden.

»Im Grunde«, hatte ich ihm einmal an den Kopf geworfen, »bist du wie jeder eingefleischte Junggeselle ein egozentrischer Schweinehund.«

»Und Ehemänner, die die Frau rechtmäßig und angeblich auf Dauer erworben haben, sind selbstlose Edelgeschöpfe, nicht wahr?« Er hatte gelacht: »Laß es dir gesagt sein, Schätzchen, für mich ist die Frau ein begehrtes, kostbares Objekt, das ich nicht in einen zerbeulten Gebrauchsgegenstand umfunktionieren möchte.«

Wir waren inzwischen in der Weinabteilung gelandet, und Hans Schulte studierte mit Ernst und Eifer die umfangreiche Liste.

»Hoffentlich hat Gisèle nicht doch den Ehrgeiz, ein zerbeulter Gebrauchsgegenstand zu werden«, sagte ich.

Er sah mich verdutzt über die Karte hinweg an.

»Du hast doch irgendwann mal behauptet, Frauen seien, wenn kurzfristig genossen, kostbare Objekte, wenn langfristig benutzt, zerbeulte Gebrauchsgegenstände.«

»Ach so! Nein, Gisèle ist weder das eine noch das andere.«

»Was dann?«

»Gisèle ist ein Mensch«, sagte er pompös.

O je, dachte ich, jetzt wird er alt.

»Ich war auch noch nicht mit ihr im Bett – obgleich wir uns schon 24 Tage kennen.«

»Und warum nicht?« fragte ich.

»Weil sie ein zurückhaltendes, man kann fast sagen keusches Mädchen ist. Sie hat in ihrem ganzen Leben erst zwei Männer gehabt. Ich finde das sehr schön.«

»Sehr schön«, murmelte ich und betrachtete ihn nachdenklich.

Er trug einen eleganten maßgeschneiderten Glencheck mit weinroter Weste. Er war groß und, dank einer disziplinierten Ernährungsweise, schlank und elastisch. Er hatte eine gute Hautfarbe, schöne, gesunde Zähne und volles dunkles Haar. Er sah tadellos aus und um Jahre jünger, als er war. Und trotzdem sah man ihm den alternden Junggesellen an – diesen etwas eingerosteten Typ Mann, der ein

Leben lang an sich und immer nur an sich gedacht hatte. Er kam mir ein wenig komisch vor und ein wenig mitleiderregend.

»Ich muß jetzt gehen«, sagte ich, »solltest du mich brauchen, ruf mich an.«

Er küßte mich auf beide Wangen. »Du bist meine einzige Freundin«, sagte er gerührt, »weißt du das?«

Ich wußte es. Hans Schulte war ein Mann, der keine Feinde hatte, aber auch keine Freunde.

Ich hatte Hans Schulte vor etwa zwanzig Jahren kennengelernt. Damals war er Mitte dreißig gewesen, ein großer, fleischiger Mann, mit einem runden Gesicht, lustigen, hellbraunen Augen und einer Stupsnase. Auffallend an ihm waren nur seine Hände gewesen, grazile, noble Hände, die zu dem übrigen gar nicht dazugepaßt hatten. Peter Rautenbach, mit dem ich damals befreundet war, hatte ihn eines Abends mitgebracht, und wir waren zu dritt essen gegangen. Hans Schulte hatte für drei Personen gegessen, getrunken und geraucht. Er hatte mit der Kellnerin gescherzt, mit der Tochter des Wirtes geflirtet und schließlich, zu vorgerückter Stunde, das ganze Lokal mit seinen deftigen Geschichten amüsiert. Damals war er noch ein unbekannter Bildreporter gewesen, aber ein Mensch mit großer Vitalität und einem vielversprechenden Hang zur Maßlosigkeit.

»Man lebt nur einmal!«, das war sein Motto gewesen, und es hatte ihm besser zu Gesicht gestanden als alle nachfolgenden Aphorismen und Zitate.

Wir waren noch ein paarmal zusammen essen gegangen, und bei diesen Anlässen hatte Hans Schulte dann seine Freundin Lina mitgebracht, ein feuerrotes Starlett, das hübsch anzusehen gewesen war, aber gar gräßlich anzuhören. Dann war die Verbindung abgebrochen, denn Peter Rautenbach hatte erklärt, daß er Lina überhaupt nicht und Hans Schulte nur in großen Abständen ertragen könne.

Etwa zwei Jahre später war ich Hans Schulte zufällig auf

der Straße begegnet. Obgleich er mich mit lauter Lebhaftigkeit und den üblichen Scherzen begrüßt hatte, war er mir verändert vorgekommen. Er war schlanker geworden, und sein Gesicht hatte an Heiterkeit verloren.

»Sie sehen etwas angegriffen aus.«

Er hatte mich mit einer ebenso düsteren wie albernen Antwort überrascht: »Die Konfrontation mit dem Tod hinterläßt gewisse Spuren.«

»Mein Gott, waren Sie so krank?«

»Man hat mir in einer schweren, zweistündigen Operation die Gallenblase entfernt.«

Daraufhin waren wir lange spazierengegangen. Er hatte mir die Operation, ihre psychischen und physischen Folgen in jeder Einzelheit geschildert und den dramatischen Bericht mit den Worten geschlossen: »Seither bin ich ein anderer Mensch.«

Das festzustellen, war mir nicht erspart geblieben, denn der Spaziergang hatte Folgen gehabt. Wir waren, dank einer beiderseitigen depressiven Phase, ein Liebespaar geworden. Aber die Liebe hatte uns leider nicht über die depressive Phase hinweggehoben – im Gegenteil! Ich war wohl zu jung gewesen, um »die Konfrontation mit dem Tod« in ihrem ganzen Ausmaß zu verstehen. Ich hatte mich amüsieren und nicht einsehen wollen, daß man dazu eine Gallenblase braucht.

»Du läßt dich von einem kleinen Organ – einem Organ, das du nicht mal mehr hast – tyrannisieren!« hatte ich ihn eines Tages angeschrien.

»Mein Kind, nur wer schon einmal zwischen Leben und Tod...«

»Ach hör doch auf damit! Du bist ein jämmerlicher Hypochonder geworden.«

»Ich glaube vielmehr, daß ich zu mir selbst gefunden habe. Fressen, Saufen und die Nächte auf albernen Parties oder in stinkigen Bars zu verbringen liegt mir nicht mehr. Du bist jung, du bist schön, du bist gesund... bitte schön, es ist dein gutes Recht, aber ich...« Er hatte mich angesehen wie Hamlet bei der Frage: »Sein oder nicht sein...« Wir hatten uns also getrennt. Hans Schulte war in ein Sanatorium gegangen und ich auf Parties.

Trotz des Verlustes seiner Gallenblase oder vielleicht gerade deswegen hatte Hans Schulte Karriere gemacht. Er war mit einer sensationellen Reportage an die Spitze der Bildberichterstatter gerückt, und ich hatte erfahren, daß er einen großen Teil des Jahres auf Reisen verbrachte. Er hatte sich nie mehr bei mir gemeldet, aber eines Tages, auf der Eröffnungsfeier einer Bildergalerie, war ich einem Herren begegnet, der mich vage an Hans Schulte erinnert hatte. Erst als dieser Herr freudestrahlend auf mich zugekommen war, hatte ich festgestellt, daß es tatsächlich Hans Schulte war.

Er hatte von dem hochgeschlossenen abgerundeten Kragen seines feingestreiften Hemdes bis zu den Spitzen seiner braunen Schuhe wie die Imitation eines englischen Gentleman ausgesehen. Daß er dürr geworden war wie der Suppenkasper im vorletzten Stadium, war seinen Verkleidungskünsten natürlich sehr entgegengekommen. Nur sein Gesicht war nicht ganz zufriedenstellend gewesen. Die unbritische Stupsnase hatte sich stärker behauptet als die tadellose Dunhillpfeife, die zwischen seinen Zähnen klemmte.

»Sag mal, Hans, du bist ganz sicher, daß du's bist?«

Er hatte gegrinst und sich in Positur gestellt: »Ich sehe doch wie ein Herr aus, nicht wahr?«

»Du siehst wie das Klischee eines Herren aus.«

»Ist das dein Ernst?« hatte er gefragt und mit dieser rührend unsicheren Frage mein Herz gewonnen.

»Nein, Hans, du siehst großartig aus.«

Von dieser Stunde an waren wir Freunde geworden. Ich hatte viel Spaß an Hans Schulte gehabt, und der wiederum hatte viel Spaß an sich selber gehabt. In seinen eigenen Augen war er ein Herr geworden, ein Kosmopolit, ein Mann von Welt, der sich von all dem gelöst hatte, was er mit einer

Grimasse des Ekels »die satte, dumpfe Bürgerlichkeit« nannte. Er, der aus dem spießigsten aller Milieus, dem schwäbischen Kleinbürgertum, ausgebrochen war, hatte immer befürchtet, etwas davon könne an ihm haftengeblieben sein. Aus dieser Furcht war schließlich eine Manie geworden. Schon der sonntägliche Bratengeruch im Treppenhaus oder ein Ehepaar, das in trauter Eintracht einen Kinderwagen vor sich herschob, konnten ihm einen Schwall von Schmähworten entlocken: »Da sieh sie dir an, diese beknackten, vollgefressenen Spießer – die sind es, die uns mit ihrer Dämlichkeit, Feigheit und Obrigkeitsgeilheit immer wieder ins Unglück reiten!«

Er mußte sich und anderen ständig beweisen, daß er nicht mehr dazugehörte.

»Ich kenne keine Bindungen, keine Seßhaftigkeit, keinen Alltag«, betonte er immer wieder. »Ich bin ein freier Mensch!«

Und in einer seiner großen Stunden hatte er in sein Tagebuch geschrieben: »Ich selbst zu sein ist recht einsam, nicht ich selbst zu sein ist der Tod mitten im Leben.«

Nur selten stieg in ihm eine Ahnung auf, daß er unter seinen verschiedenartigsten Tarnungen und Verkleidungen noch immer nicht er selbst geworden war. Und in diesen ahnungsvollen Stunden kam dann wieder der echte Hans Schulte zum Vorschein, ein lauter, lebhafter, kindlicher Mann und ein ordentlicher, sparsamer, rechtschaffener Schwabe.

Nach unserer Begegnung im Delikatessengeschäft vergingen Wochen, bevor sich Hans Schulte bei mir meldete. Ich hatte damit gerechnet, denn in den Honigmonden seiner Liebschaften war er für niemand zu sprechen. Als er mich endlich anrief, klang seine Stimme so unerhört fröhlich, daß ich mißtrauisch wurde.

»Meine Bezaubernde«, rief er, »bitte, keine Vorwürfe! Ich war auf Reportage in Spanien.«

»Allein?«

»Nein, Gisèle war mit. Sie spricht gut spanisch, und ich habe eine Dolmetscherin gebraucht.«

»Dolmetscherin nennst du das jetzt?«

»Fotomodell, Dolmetscherin und Geliebte in einem.«

»Also ist sie jetzt nicht mehr keusch.«

»Sie ist auf dem besten Wege, eine erstklassige Kokotte zu werden.«

»Ich gratuliere.«

»Es war etwas mühsam, sie anzulernen, aber jetzt entwickelt sie ungeahnte Talente.«

»Hoffentlich nur bei dir.«

»Darauf kannst du Gift nehmen.«

»Und ihr Regieassistent?«

»Mit dem ist es aus.«

»O weh!«

»Ja«, sagte er, und das klang eher trüb als froh.

»Dann hast du sie ja jetzt ganz für dich... wie schön!«

»Ich muß dir das ausführlich erzählen«, sagte er, »kannst du heute abend zu mir kommen?«

»Wenn du was zu essen hast.«

»Das Beste vom Besten.«

»Schön«, sagte ich, »ich komme.«

Hans Schultes Zwei-Zimmer-Wohnung überraschte immer wieder durch neue Effekte. Es gehörte zu seinen Eigenarten, die Möbel alle paar Wochen umzugruppieren, neu zu beziehen, zu polstern, zu streichen oder durch andere auszuwechseln. Außerdem mußte alles ganz zwanglos herumstehen, -liegen, -hängen, so daß man den Eindruck gewann, nichts hätte einen festen Platz. Es gab, das sollte wohl damit demonstriert werden, nichts Unverrückbares, nichts Bleibendes in Hans Schultes Leben. Diesmal war ein riesiger spanischer Obstkorb hinzugekommen, der, bis zum Rande gefüllt, mitten im Zimmer auf dem Boden stand. Außerdem war der große Arbeitstisch dunkel gebeizt worden.

Hans Schulte hatte das Abendessen mit hausfraulicher

Umsicht vorbereitet. Es gab gegrillte, mit Knoblauch eingeriebene Steaks, eine große Schüssel Salat, verschiedene Käse und Rotwein.

Auf dem weißgedeckten Tisch standen angewärmte Teller aus feinem englischen Porzellan, zwei große, schön geschliffene Gläser, eine turmhohe Pfeffermühle und eine alte Petroleumlampe.

Hans Schulte saß mir gegenüber und aß mit gemessenen kleinen Bewegungen. Seine Art, mit Messer und Gabel umzugehen, hatte etwas ausgesprochen Possierliches. Er hielt das Besteck wie ein Dirigent den Taktstock. Während er langsam und mit sichtlichem Behagen sein Steak verzehrte, weihte er mich in die Intimitäten seiner spanischen Flitterwochen ein. So erfuhr ich also, daß sich Gisèle noch einige Tage gesträubt hätte, dann aber ihrer Liebe (möglicherweise auch seinem Drängen) zum Opfer gefallen war; daß sie beim ersten Mal noch ziemlich verkrampft gewesen sei, beim dritten Mal aber... (er hatte es naturgetreu geschildert) völlig enthemmt; daß sie eine phänomenale Figur hätte (auch hier war natürlich eine detaillierte Beschreibung erfolgt); daß sie ihn abgöttisch liebe – ausgerechnet ihn, ein altes verdorbenes Ungeheuer; und daß er sie vermutlich auch liebe, denn er hätte nicht das Bedürfnis, sie zu betrügen.

Von diesem plastischen Bericht beeindruckt, erlaubte ich mir die Bemerkung, daß sie ja dann ein glückliches Paar wären und, so hoffte ich, auch in Zukunft bleiben würden.

»Ja«, sagte Hans Schulte, »nur...« Er schob ein Stück Fleisch in den Mund, kaute und erklärte verzückt: »Das Steak ist Weltklasse!«

»Nur was?« fragte ich.

»Nur dieser peinliche Zwischenfall...«

»Was für ein Zwischenfall?«

»Na ja, das war so: Vor drei Tagen habe ich Gisèle wie gewöhnlich zu ihrem Regieassistenten gefahren. Die beiden leben doch schon seit Jahren zusammen... wollten übrigens auch heiraten. Na schön. Ich halte selbstverständlich nicht direkt vor der Tür, sondern ein paar Häuser weiter. Als wir mitten im schönsten Knutschen sind, taucht dieser Kerl am Fenster auf und glotzt, stumm und starräugig wie ein Fisch, in den Wagen. Gisèle hat aufgeschrien und ihren Rock runtergezerrt, und ich – man weiß ja nie, wie solche Menschen reagieren – habe sofort auf den Starter gedrückt. Da ist er weitergegangen und im Haus verschwunden.«

»Ihr Helden«, sagte ich, »und dann?«

»Ich wollte Gisèle eigentlich mit zu mir nehmen, aber sie meinte, das sei nicht nötig, sie würde schon mit ihm fertig.«

»Hat dieser Mann denn nicht gewußt, daß ihr zusammen in Spanien wart?«

»Doch, aber wohl nur sehr vage. Gisèle hat ihm gesagt, sie müsse ein paar Wochen fort, um Geld zu verdienen, und das hat er eingesehen.«

Ich schwieg, und Hans Schulte sah mich unsicher an. »Was meinst du dazu?« fragte er.

»Was ich dazu meine? Ich meine, daß ihr euch beide wie Zuhälter benehmt. Der erste schickt das Mädchen zum zweiten, und der zweite schickt sie wieder zurück zum ersten. Wo steckt dieses arme Geschöpf jetzt eigentlich?«

»Bei einer Freundin.«

»In anderen Worten, er hat sie rausgeschmissen, und du hast sie nicht aufgenommen.«

Hans Schulte protestierte: »Du siehst das alles viel zu kraß! Er hat sie nicht direkt rausgeschmissen. Gisèle wollte sich sowieso von ihm trennen und zu einer Freundin ziehen.«

»Zu einer Freundin! Bist du sicher?«

»Sie wußte, daß sie bei mir nicht wohnen kann.«

»Hast du ihr das gesagt?«

»Nicht direkt.«

»Die Herren scheinen nur direkt zu werden, wenn es ums Bett geht. Ansonsten bleiben sie lieber indirekt. Es ist ja auch bequemer und entspricht ihrer Feigheit.«

Hans Schulte, der sich gerade ein Stück Holländer abschneiden wollte, ließ das Messer im Käse stecken. Bequem und feige, das waren zwei Worte, auf die er äußerst empfindlich reagierte, denn bequem und feige waren in seinen Augen nur die Spießer.

»Wenn du deine moralischen Anwandlungen hast«, sagte er mit einem gehässigen Lächeln, »dann siehst du gleich um zehn Jahre älter aus.«

»Und wenn du ein schlechtes Gewissen hast«, gab ich getroffen zurück, »dann steckst du den Kopf in den Sand und spielst den Unschuldigen.«

Jetzt sprang er auf und begann, im Zimmer umherzulaufen.

»Was hätte ich denn tun sollen? Das Mädchen zu mir in die Wohnung nehmen? Mit ihr zusammenleben, in zwei kleinen Zimmern? Ich bin doch kein Jüngling mehr! Ich brauche meinen Schlaf, meine Ruhe, mein Privatleben. Und sie, sie braucht einen Mann, der sie ausführt – in schicke Lokale, wie sie sich auszudrücken pflegt, auf Parties, wo man sie eventuell für den Film entdeckt. Soll ich das vielleicht mitmachen?«

Er blieb vor mir stehen und schaute, entrüstet ob solcher Zumutung, auf mich hinab: »Bedenke, sagt Montherlant, daß das Leben nicht eine Frage von Stunden ist. Ich habe es bedacht!«

»Na fein«, sagte ich, »dann mach Schluß mit Gisela.«

»Nein, das will ich unter keinen Umständen.«

»Dann heirate sie.«

»Deine Ratschläge sind heute recht primitiv. Es wird doch wohl noch eine Zwischenlösung geben.«

»Die Zwischenlösung wirst du auch ohne mich finden. Darin bist du ja Experte.«

Die Zwischenlösung sah dann so aus, daß Gisèle zwar offiziell bei der Freundin wohnte, einen großen Teil ihrer Tage und Nächte aber bei Hans Schulte verbrachte. Sie machte das sehr geschickt und wob sich langsam und vorsichtig in sein streng gehütetes Junggesellenleben ein. Mit der Zeit wurde sie ihm ebenso unabkömmlich wie der eineinhalbstündige Morgenspaziergang oder das Glas Gemüsesaft, das er sich Punkt zwölf im Starmix zubereitete und in kleinen Schlucken trank.

Hans Schulte merkte gar nicht, daß aus der Zwischenlösung ein Dauerzustand zu werden drohte. Er rief mich hin und wieder an und beteuerte mir, daß Gisèle eine erstklassige Köchin und Geliebte sei, ein musik- und literaturbegeistertes Geschöpf, ein bescheidenes, natürliches Mädchen. Und eines Tages wurde ich sogar eingeladen, mich mit eigenen Augen von der Vortrefflichkeit Gisèles zu überzeugen.

Hans Schulte hatte sie ans Fenster gelehnt, so wie er seinen spanischen Obstkorb mitten ins Zimmer stellte oder einen Stapel ausgesuchter Bücher malerisch auf der Couch verstreute.

»Gib dich locker, Kind«, hatte er ihr vermutlich eingebleut, »gib dich natürlich!«

Da stand sie nun also mit einstudierter Lässigkeit, und das üppige Licht eines klaren Spätnachmittags ließ ihre tadellose Figur, ihr karottenrotes Haar voll zur Geltung kommen. Sie hatte sich ganz auf junges modernes Mädchen zurechtgemacht: enge, verwaschene Jeans, saloppes Herrenhemd mit aufgerollten Ärmeln, eine lange wilde Brigitt-Bardot-Mähne, hell geschminkte Lippen, dunkel umrandete Augen.

Und trotzdem waren ihre ebenso fachmännischen wie krampfhaften Bemühungen erfolglos geblieben. Sie hatte weder das schöne, großangelegte Gesicht eines Fotomodells noch die Anmut und Frische eines jungen Mädchens. Sie war Ende zwanzig und dazu geboren, eine gute Hausfrau und Mutter zu sein. Ihr Bestreben, sich so ganz anders zu geben, als sie in Wirklichkeit war, war einerseits mitleiderregend, andererseits irritierend.

Sie spielte ununterbrochen das natürliche Mädchen,

aber sie war eine miserable Schauspielerin. Jeder Ton, jede Geste mißlang und jagte mir Schauer des Unbehagens über den Rücken. Hans Schulte hatte eine spanische Langspielplatte aufgelegt, und Gisela servierte Irish Coffee und kleine selbstgebackene Sandtörtchen. Worüber wir uns unterhielten, weiß ich nicht mehr. Ich glaube, es waren hochgeistige Gespräche, in denen wir nach Art der Halbgebildeten schamlos herumplanschten. Nach der fünften spanischen Platte, dem dritten Glas Irish Coffee, dem zweiten Sandtörtchen und einer angemessenen Wartezeit verabschiedete ich mich. Gisela fiel einen Moment lang aus der Rolle des legeren jungen Mädchens und verriet damit ihre gutbürgerliche Erziehung. »Es freut mich sehr, Ihre Bekanntschaft gemacht zu haben«, sagte sie mit höflichem Lächeln.

Hans Schulte begleitete mich zur Tür und zwang mich mit seinem fragenden Blick zu einer Äußerung.

»Ein sehr nettes Mädchen«, erklärte ich.

»Du findest sie unerträglich, nicht wahr?«

»Aber ich sagte doch eben ...«

»Sie kann auch ganz natürlich sein.«

»Sie war doch die personifizierte Natürlichkeit!«

»Du wirst es nicht glauben«, beharrte Hans Schulte, »aber wenn wir allein sind, ist sie bezaubernd.«

»Ich glaub' es dir, Hänschen, ich glaub' es dir wirklich.«

Bald darauf flog Hans Schulte beruflich nach Amerika. Ich bat ihn, mir eine Schallplatte mitzubringen, die in Deutschland nicht aufzutreiben war. Etwa einen Monat später rief er mich an und verkündete, er und die Schallplatte seien zurück. Ich fuhr noch am selben Tag zu ihm, um sie abzuholen.

Er öffnete mir die Tür, und das erste, was mir in die Augen stach, war eine Tapete, die goldberankt und lindgrün belaubt, an Osterpapier erinnerte. Ich blieb wie gebannt auf der Schwelle stehen, starrte und hoffte, auch noch ein paar Hasen aufzuspüren. Aber anstatt der Hasen entdeckte ich zwei putzige vergoldete Wandleuchter mit rosa Schirmchen.

»Sag mal, Hans, bist du verrückt geworden?«

»Wieso?« fragte er mit ausdruckslosem Gesicht.

»Na, was soll denn das?« Ich deutete auf die Tapete und die Lämpchen.

»Das ist doch sehr reizend«, sagte er, »heiter, beschwingt...«

Hans Schulte hatte sehr viel Geschmack, und einen Moment lang glaubte ich wirklich, er habe den Verstand verloren.

»Hans«, begann ich, »mach mich jetzt bitte nicht...«, und dann stieß ich einen gellenden Schrei aus. Die Tür zum Schlafzimmer stand offen, und der Raum erweckte den Eindruck einer Alm bei Sonnenaufgang. Die Wände waren rosarot getüncht, und den Boden bedeckte ein grüner, flauschiger Teppich.

Jetzt war ich nicht mehr zu halten. Ich raste durch die Wohnung, und überall machte ich die unwahrscheinlichsten Entdeckungen. Da war in der Küche eine ganze Wand mit neckischem Krims-Krams austapeziert: einer alten Kochmütze, der Schale eines Hummers, der Attrappe eines Schaschliks, gerahmten Kochrezepten und dergleichen Unsinn mehr. Im Bad prangten die Fotos nackter Pin-up-Girls, und alles war auf türkisgrün abgestimmt worden: das Klopapier, die Handtücher, die Zahnputzgläser, ja, sogar der Toiletten-Deckel war mit einem türkisgrünen Überzug bedacht worden. Die Krönung aber war Hans Schultes Arbeitstisch, bei dessen Anblick es mir sogar den Schrei verschlug. Die schöne, schwere Holzplatte war mit einer Kunststoff-Folie versehen worden, und diese Folie war über und über mit Aphorismen und Zitaten bedruckt.

Ich schaute stumm zu Hans Schulte empor, und er schaute betreten zu mir hinab. Schließlich sagte er mit einer alles umfassenden Geste: »Gisèle.«

Und ich antwortete: »Das habe ich mir inzwischen gedacht.«

»Sie hat es so gut gemeint. Auf die Folie ist sie besonders stolz... sie hat wochenlang danach gesucht.«

»Ein wahres Glück, daß sie sie gefunden hat.«

»Als ich wegfuhr, habe ich ihr Geld gegeben, damit sie die Wohnung streichen und ein paar Reparaturen machen läßt. Und da hat sie sich dann diese Überraschung ausgedacht.«

»Eine reizende Überraschung!«

»Sie meinte, ein bißchen weibliche Atmosphäre...« Er seufzte. »Na ja, und sie wohnt doch jetzt hier.«

»Auch das noch!«

»Als ich in Amerika war, hat sie sich mit ihrer Freundin verkracht.«

»Das war ja auch ein günstiger Augenblick, um sich zu verkrachen.«

»Meine Schränke sind jetzt voll mit ihren Kleidern, und im Badezimmer hängen immer nasse Strümpfe.«

»Und was wirst du jetzt tun?«

Er zuckte die Schultern und starrte traurigen Blickes zum Fenster hinaus.

Und dann, eines Tages, war Gisela nicht mehr da. Sie hatte die Wohnung verlassen, die Stadt und das Land. Hans Schultes Stimme klang sehr bedrückt, als er mir das mitteilte.

»Sie ist in Südamerika, in São Paulo, auf ein Jahr oder auch länger.«

»Mit einem Mann?«

»Nicht direkt.«

»Wenn du ›nicht direkt‹ sagst, ist die Sache faul.«

»Ist sie auch! Ein Südamerikaner, ein reicher, widerlicher Kerl, hat sie sich geschnappt. Er hat in São Paulo eine Textilfabrik, und da soll Gisèle als Mannequin arbeiten.«

»Beim Mannequin wird es wohl nicht bleiben.«

»Wem sagst du das!«

»Hast du sie denn nicht zurückhalten können?«

»Nein, so sind die Weiber nun mal. Geld macht sie sinnlicher als Liebe.«

Da saß er nun inmitten seiner Aphorismen und Zitate, inmitten einer Symphonie aus gold, grün, rosa und türkis und machte einen niedergeschmetterten Eindruck.

»Und ich habe wirklich sehr an ihr gehangen«, sagte er düster.

Erst Monate später erfuhr ich den wahren Sachverhalt. Hans Schulte hatte mich zum Abendessen eingeladen, und als wir uns der dritten Flasche eines vorzüglichen Rotweins näherten, waren wir bereits sehr heiter. Ein Aschenbecher in Form eines goldenen Pantoffels – das einzige Stück, das von Gisèles farbenfreudigem Dekorationsrausch übriggeblieben war – erinnerte mich an das karottenrote Mädchen.

»Hast du eigentlich noch etwas von Gisèle gehört?« erkundigte ich mich.

»Sicher. Es ist noch gar nicht lange her, da habe ich einen törichten sentimentalen Abschiedsbrief von ihr bekommen: sie wäre jetzt endlich so weit, mich aus ihrem Innersten zu reißen, denn für sie sei das Leben jetzt nur noch eine Frage von Geld und Luxus und nicht mehr von Herz und Seele.«

»Sehr traurig.«

»Ja. Und schuld daran sei ich – ich allein!«

»Wieso du? Sie wollte doch gehen.«

»Ach was. Sie wollte keineswegs. Ich war es doch, der die Geschichte mit dem Südamerikaner eingefädelt hat. Er tauchte gerade im richtigen Augenblick auf, und da habe ich die beiden schleunigst zusammengebracht. Ich wußte doch, daß der geile Kerl auf ihre weiße Haut fliegen würde.«

»Hans, du Schweinehund!«

Er lachte, griff mit seinen schmalen noblen Fingern nach einer Zigarette und zündete sie an. »Es war Selbsterhaltungstrieb«, sagte er. »Gisèle aufzugeben ist mir gewiß nicht leichtgefallen, aber was hätte ich sonst tun können? Der Südamerikaner paßt viel besser zu ihr. Er ist wesentlich jünger und reicher als ich. Er tanzt auch gerne, und vielleicht heiratet er sie sogar. Und, was hätte ich dem Mädchen bieten können? Nichts, außer meinem schlechten Charakter.«

Er stand plötzlich auf, ging zum Bücherregal, nahm ein Buch heraus, schlug es auf und las:

»In meine leeren Schaukel-
stühle vormittags
setze ich ein paar Frauen
Und ich betrachte sie sorglos
und sage ihnen:
in mir habt ihr einen, auf
den könnt ihr nicht bauen.«

Er schlug das Buch wieder zu und sah mich an. »Brecht«, erklärte er. »Gut, was?«

Der mächtige kleine Mann

»Franz Macke ist da«, verkündete Lotte an einem schönen Frühlingsmorgen. »Er wohnt im Hotel Sacher und erwartet uns. Mach dich hübsch, Kleine, wir gehen hin.«

Ich war nur ein paar Tage bei Lotte in Wien, und Franz Macke paßte nicht in mein reichhaltiges Programm.

»Für Franz Macke habe ich keine Zeit«, erklärte ich.

Lotte sah mich entgeistert an. Sie war mit ihren achtundvierzig Jahren immer noch eine sehr reizvolle Frau – langbeinig, vollschlank, mit dichtem, rostbraunem Haar und mandelförmigen Augen.

»Ich begreife dich nicht«, rief sie. »Da hast du endlich mal die Gelegenheit, einen bedeutenden Mann kennenzulernen, und was tust du! Du behauptest...«

»Schau, Lotte«, unterbrach ich sie, »mich interessiert der Mann nicht.«

»Ein Genie interessiert dich nicht?«

Jetzt war Franz Macke schon ein Genie, und ihre Stimme nur noch ein Flüstern. Ich lachte.

Lotte war keine primitive, keine leere, keine dumme Person, aber sie hatte eine bei Frauen weitverbreitete Sucht, die Sucht, sich mit Prominenz zu umgeben. Erfolg, Ruhm, Macht brachten sie unweigerlich aus dem Gleichgewicht, und nur der Charme, mit dem sie es ungeniert zugab, machte mir ihre Manie erträglich.

»Wer ist dieser Franz Macke eigentlich?« fragte ich, um sie noch tiefer zu erschüttern.

»Du wirst mir doch nicht einreden wollen, daß du nicht weißt, wer Franz Macke ist. Jeder Mensch weiß es. Seine Reden sind weltberühmt. Seine Berichte gehen durch alle Zeitungen. Er ist immerhin einer der größten Finanzmänner und außerdem ein glänzender Politiker!«

»Und was noch?«

»Was heißt, was noch?«

»Was ist er für ein Mensch?«

Die Frage schien sie zu verwirren. Vielleicht wurde ihr zum ersten Mal bewußt, daß Franz Macke nicht nur ein ehrfurchtgebietender Name war, eine Schlagzeile in der Zeitung, ein mächtiger Finanzier, sondern auch ein Mensch.

»Na?« ermunterte ich sie.

»Er ist ein großartiger Mensch«, sagte Lotte und versuchte die trügerische Pause durch einen emphatischen Ton auszugleichen. »Er ist klug, er ist witzig, er ist charmant, und geistreich ist er auch.« Nachdem sie so seine geistigen, nicht aber menschlichen Vorzüge aufgezählt hatte, schwieg sie einen Moment und schien nachzudenken. »Natürlich hat er auch seine Schwächen«, fuhr sie dann fort, »besonders, wenn Frauen im Spiel sind. Bei Frauen verliert er den Verstand. Gott, habe ich da Sachen miterlebt!«

»Du? Wieso?«

Sie sagte prompt: »Ich war fast ein Jahr lang mit ihm liiert – damals zwischen meinen beiden Ehen.«

Ich warf ihr einen überraschten Blick zu. Lotte hatte nie über ihre Affären gesprochen, und daß sie es plötzlich tat, war mir peinlich.

Sie fing meinen Blick auf, lächelte ein wenig und erklärte in selbstbewußtem Ton: »Es war ja stadtbekannt.«

Jetzt wurde mir klar, daß sie es als Ehre, als Auszeichnung wertete, mit Franz Macke ins Bett gegangen zu sein. Mir kamen ein paar bösartige Bemerkungen auf die Zunge, aber ich schluckte sie herunter. Statt dessen fragte ich: »Sieht er gut aus?«

»Er hat einen hochinteressanten Kopf«, sagte sie nach kurzem Zögern, »kluge Augen, überhaupt ein sehr feines Gesicht.«

Lotte hatte ein Faible für gutaussehende Männer, und sie wußte sie immer sehr detailliert zu beschreiben. Bei Franz Macke schien sie dabei auf Schwierigkeiten zu stoßen.

»Ein Beau ist er nicht«, fügte sie schließlich noch hinzu, »und der Jüngste ist er auch nicht mehr. Aber was spielt das bei Männern seines Ranges schon für eine Rolle?«

Damit war das Gespräch beendet. Lotte sah auf die Uhr, erhob sich und befahl: »Mach dich hübsch, Kleine, wir gehen zu Franz Macke.«

Und dann stand ich dem großen Mann gegenüber und schaute etwas beklommen auf ihn herab. Die Weltgeschichte hat uns zwar wieder und wieder bewiesen, daß gerade die kleinsten, unscheinbarsten Männer zu höchster Macht kamen, aber wenn man dann den Beweis leibhaftig vor sich hat, ist man enttäuscht.

Franz Macke war sehr klein, dicklich und bar jeder festen Substanz. Das einzige, was hervorstach, war ein spitzer kleiner Bauch, über dem die Weste spannte. Sein Gesicht war schmal und straff geblieben. Hier fand man die Energie, die man in den weichen Rundungen seines Körpers vergebens suchte. Die unwahrscheinlich hellen Augen waren tatsächlich klug – klug, jung und durchdringend scharf. Wenn er einen anschaute, hatte man das Gefühl, durchleuchtet und diagnostiziert zu werden. Aber abgesehen von diesem Blick, war nichts Ungewöhnliches zu vermerken. Wäre man ihm auf der Straße begegnet, ohne zu wissen, daß er der mächtige Franz Macke war, man hätte ihn für einen gemütlichen Opa gehalten.

Wir setzten uns um einen ovalen Tisch – Lotte in den einen Sessel, ich in den anderen. Franz Macke nahm auf dem Sofa zwischen uns Platz. Seine überaus kurzen Beine berührten kaum den Boden. Seine dicken, weißen Patschhände waren in ständiger Bewegung. Überhaupt machte er einen recht zappeligen Eindruck. Ich beobachtete ihn, um mir die Zeit zu vertreiben. Er beobachtete mich, um seine Chancen abzuwägen. Lotte beobachtete uns, um unsere jeweiligen Reaktionen zu registrieren und entsprechend zu deuten. Sie schien auf etwas zu warten, was anscheinend nicht eintraf. Ich wartete auch auf etwas, was nicht eintraf, nämlich auf ein Gespräch, das mir Franz Mackes Geist, Witz und Charme offenbaren sollte. Aber die Unterhaltung, die mich zunächst ganz ausschloß, erschöpfte sich in Frage und Antwort, wer wen wann wo gesehen hätte. Dabei fielen hauptsächlich weibliche Vornamen, die in Verbindung mit anderen weiblichen Vornamen einen wahren Wust an weiblichen Vornamen ergaben. Als der Name Gerda zum zweiten Mal fiel und daraus ersichtlich wurde, daß das Thema nichts Neues mehr hergab, wandte sich Franz Macke an mich. Auch hier entwickelte sich ein Frage- und Antwort-Spiel, oder vielmehr eine Art Kreuzverhör: »Wie lange bleiben Sie in Wien?«

»Eine knappe Woche.«

»Und dann?«

»Fahre ich wieder nach Hause.«

»Wo ist Ihr Zuhause?«

Ich nannte den Namen der Stadt.

»Werden Sie am 13. Juni dort sein?«

Lotte beugte sich aufmerksam vor, und ich entgegnete etwas verdattert: »Das weiß ich noch nicht, aber wahrscheinlich.«

»Sind Sie verheiratet?«

»Nein.«

»Aber Sie waren es.«

Das langte mir.

»Ich werde Ihnen meinen Lebenslauf mit genauen Daten und Angaben zuschicken«, sagte ich.

Er lachte, stand auf und sagte: »Kommen Sie ans Fenster, von hier aus hat man einen schönen Blick.«

Was tut man in solchen Fällen? Man steht auf, tritt ans Fenster und schaut gehorsam hinaus. Franz Macke stellte sich neben mich und betrachtete mein Gesicht.

»Schöne Augen haben Sie«, stellte er fest.

Nach etwa einer halben Stunde brach wie auf Kommando wilder Trubel los. Zwei Telefone, das eine im Schlafzimmer, das andere im Salon, begannen gleichzeitig zu klingeln, ein Hotelboy eilte mit einem Telegramm ins

Zimmer, dann ein Dienstmädchen mit einem frisch gebügelten Anzug, dann eine Sekretärin mit Schreibmaschine, dann ein Laufbursche mit einem gewaltigen Packen ausländischer Zeitungen.

Franz Macke, einem Gummiball nicht unähnlich, kugelte förmlich durch die Räume, sprach in präzisem, stark akzentuiertem Ton, der den erstklassigen Redner erkennen ließ, und warf dabei schnelle, scharfe Blicke in meine Richtung.

»Die halbe Stunde, die ich uns reserviert habe, scheint um zu sein«, erklärte er, und da streifte mich ein Hauch des mächtigen Mannes. Wir verabschiedeten uns.

»Ich hoffe, Sie wiederzusehen«, sagte Franz Macke und schaute mir von unten herauf in die Augen.

Am Nachmittag fand bei Lotte ein Damentee statt. Die Damen, alle in Lottes Alter, elegant gekleidet, sorgfältig frisiert und geschminkt, zum größten Teil vermögend, hohlköpfig und unbefriedigt, verspeisten in großen Mengen Torten, Sandwiches und Pralinen. Lotte hatte von unserem Besuch bei Franz Macke berichtet, und daraufhin war und blieb er das Gesprächsthema. Ich stellte fest, daß alle Anwesenden ihn kannten, gut kannten, sehr gut und noch besser. Franz Macke schien – unter anderem – eine starke Zuneigung für die Damen der Wiener Gesellschaft zu haben, oder besser gesagt, gehabt zu haben. Seine Mutter sei ja auch Wienerin gewesen, wurde ich aufgeklärt, aber sie sei inzwischen gestorben. Jetzt komme er leider nicht mehr so oft nach Wien. Jetzt beschränke er sich der Einfachheit halber mehr auf die norddeutschen Gebiete, wo er ja auch zu Hause sei. Aber früher...!

Man schwelgte in amourösen Erinnerungen, gab skandalöse Anekdoten und intime Erlebnisse zum besten, kritisierte diese und jene Macke-Freundin, bedauerte die Muschi, die Ehefrau, die irgendwo in Südfrankreich lebte – das klügste, was sie unter den gegebenen Umständen tun konnte. Was mich verblüffte, war, daß ihn all diese Damen genauso sahen wir Lotte – mit denselben verklärten Augen: »Ein unerhört witziger Mann!«

»Ja, und diese Vitalität! Da kommt kein Dreißigjähriger mit!«

»Um es in einem Wort zu sagen, er ist und bleibt einer der ganz Großen!«

Nur eine kleine, etwas zerrupft aussehende Person, mit übergroßen dunklen Augen, beteiligte sich nicht am allgemeinen Lobgesang. Mit spöttischer Miene hörte sie zu, und erst als das Geschnatter verebbte und eine Pause zu erhoffen war, fragte sie mit lauter, herausfordernder Stimme: »Wollt ihr mal meine Meinung über Franz Macke hören?«

Die Damen schienen Böses zu ahnen. Sie waren plötzlich ganz still, nur eine zerbiß noch schnell ein Krokantstäbchen. Die kleine, zerrupfte Person wartete, bis auch dieser Ton verklungen war, dann verkündete sie: »Franz Macke mag ein großer Finanzmann sein, aber als Mensch ist er klein geblieben – äußerlich und innerlich. Auf der Stelle würde er Verstand und Geist gegen körperliche Größe und Muskeln eintauschen. Ihr redet immer von seinem Format. Wenn er das hätte, dann wäre er mit seiner Kleinheit fertig geworden. Aber das ist er bis zum heutigen Tage nicht. Im Gegenteil! Je älter er wird, desto kleiner wird er. Seine Frauengeschichten sind erbärmlich und warum? Weil sie von jeher nur seinem armseligen Selbstbestätigungsdrang dienen: Ich bin zwar klein, aber schaut her, wie viele Frauen ich haben kann! Dabei kauft er sie sich nur, kauft sie sich mit seiner Macht, seinem Geld und nicht etwa mit seinem Charme und seinen Liebeskünsten, daß ich nicht lache! Eine uns allen bekannte Dame hat mir mal erzählt, wie die aussehen. Sie hatte den großen Franz Macke auf einer Gesellschaft kennengelernt. Am nächsten Tag stürzte er zu ihr in die Wohnung, drängte sie rückwärts durch die Diele ins Wohnzimmer, vom Wohnzimmer ins Schlafzimmer und von da aufs Bett; Schlüpfer runter,

Hose auf – das war's. Aber heute ist es wahrscheinlich noch nicht mal das!«

Die kleine, zerrupfte Person brach in schallendes Gelächter aus. Ich war die einzige, die mitlachte. Die anderen Damen saßen wie erstarrt.

Anfang Juni erreichte mich ein Brief in einer unentzifferbaren Handschrift. Ich ärgerte mich, ihn nicht lesen zu können, zerknüllte ihn und warf ihn weg. Ende Juni kam ein Anruf aus Paris. Franz Macke.

»Sie haben weder auf meinen Brief geantwortet, noch waren Sie am 13. Juni zu Hause. Ich hatte mich gefreut, Sie wiederzusehen.«

Er schien nicht im geringsten daran zu zweifeln, daß auch ich einem Wiedersehen freudig zugestimmt hätte.

»Ich fliege nächste Woche auf einen Monat nach Südamerika und würde Sie vorher noch gerne sehen.«

»Warum?«

»Sie gefallen mir sehr. Wollen Sie mich in Paris besuchen?«

»Nein.«

»Wieso nicht? Ich schicke Ihnen sofort eine Flugkarte, und Sie setzen sich in die nächste Maschine.«

War er wirklich von seiner Unwiderstehlichkeit überzeugt, oder war das nur eine Tour – die Panzertour, mit der er einen einfach überrollte.

»Ich kenne Sie kaum«, sagte ich, »und außerdem weiß ich gar nicht, ob ich Sie mag.«

»Der erste Einwand ist spießig, der zweite kann durch eine Probe aufs Exempel klargestellt werden. Also, kommen Sie.«

Ich sagte, ohne mir etwas dabei zu denken: »Kommen Sie doch.«

»Mein Kind, ich bin ein vielbeschäftiger Mann. Mein Terminkalender ist bis auf Minuten eingeteilt.«

»Ich hab's ja auch nicht ernst gemeint.«

Er schwieg einen Moment, dann sagte er: »Aber irgendwie werde ich's schon möglich machen. Wenn der Prophet nicht zum Berg kommt, kommt der Berg zum Propheten.«

Er hatte sich für die knappen vierundzwanzig Stunden Aufenthalt das prunkvollste Appartement im teuersten Hotel gemietet. Überall standen Vasen mit großköpfigen Blumen und Schüsseln mit Obst. Die Tür zum Schlafzimmer war weit offen.

Franz Macke trat mit schnellen, kurzen Schritten auf mich zu, nahm mein Gesicht in beide Hände, zog es zu sich herab und küßte mich auf die Stirn. Diese betont väterliche Geste wirkte unecht, und ich geriet in Verlegenheit. Nicht so Franz Macke, der zweifellos an einem nicht mehr ganz neuen Schema festhielt. Dem väterlichen Kuß folgte das obligate Präsent: eine große Flasche teuersten Parfüms. Dem Mittagessen (haben Sie Kaviar lieber oder Austern?) folgte ein kleiner Stadtbummel mit Schaufensterbesichtigung (haben Sie Perlen lieber oder Brillanten?). Den amüsanten kleinen Anekdoten folgte ein umfassender, mit ein paar Indiskretionen gewürzter Lebensbericht.

An diesem Punkt angekommen, war ich sehr müde und hätte das reibungslos verlaufende Programm gerne unterbrochen, um mich bis zum Abendessen in meine eigenen vier Wände zurückzuziehen. Aber davon wollte Franz Macke nichts wissen.

»Wir haben doch nur noch ein paar Stunden«, sagte er, so als handele es sich bei uns um ein glühendes Liebespaar, das der Krieg oder sonst eine Katastrophe auseinander zu reißen droht. »Und ich habe noch viel zu sagen und viel zu fragen.«

Wir gingen ins Hotel zurück. Ich nahm dummerweise auf dem Sofa Platz, und diese Gelegenheit ließ Franz Macke sich nicht entgehen. Er setzte sich dicht neben mich und zauberte eine schmale, längliche Schachtel aus der Tasche seines Jacketts.

»Machen Sie auf und sagen Sie mir, ob es Ihnen gefällt.«

Es war ein breites goldenes Armband, nicht protzig,

aber zu massiv. Ich hielt es eine Weile in der Hand, und all die banalen Sätze, die man in solchen Fällen sagt, gingen mir durch den Kopf. Schließlich fiel mir dann einer ein, der unmißverständlich war und den Nagel auf den Kopf traf.

Ich legte das Armband auf den Tisch und erklärte: »Ich werde nicht mit Ihnen ins Bett gehen.«

»Das ist schade«, sagte er mit einem liebenswürdigen Lächeln. »Was kann ich tun, um Ihren Entschluß zu ändern?«

Das war souverän und mit leichter Hand gespielt. Zum ersten Mal imponierte er mir, zum ersten Mal war er mir ausgesprochen sympathisch.

»Ich fürchte, Sie können gar nichts tun«, sagte ich und zweifelte – wenn auch nur ein ganz klein wenig – an meinen Worten.

»Sind Sie in jemand verliebt?«

»Nein.«

»Sind Sie mit jemand liiert?«

»Nein.«

»Also eine Prinzipienfrage.«

»Nein, aber eine Frage des Gefühls.«

»Waren Sie schon mal in Rio?«

»Nein.«

»Würden Sie gerne mal hin?«

»Ja.«

»Gut, ich lade Sie ein.«

»Glauben Sie, in Rio würde ich meinen Entschluß ändern?«

»Glauben wäre zuviel gesagt. Ich hoffe es.«

»Ich würde ihn nicht ändern.«

»Schön, dann habe ich Pech gehabt. Also nehmen Sie meine Einladung an?«

»Das wäre unfair von mir. Wenn man etwas annimmt, muß man etwas dafür geben. Und dazu bin ich nicht bereit.«

»Hören Sie um Gottes willen mit diesen Krämerweisheiten auf! Ihren Körper als Gegenleistung, darauf verzichte ich. Kommen Sie nach Rio, und es wird sich alles von selbst ergeben.«

Er war so sicher, dieser kleine Franz Macke, und schließlich hatte er ja auch allen Grund dazu.

»Gut«, sagte ich, »ich komme nach Rio.«

Franz Macke, der noch in verschiedenen anderen Städten Südamerikas zu tun hatte, flog zwei Wochen vor mir hinüber. Während dieser Zeit erhielt ich fast täglich Briefe von ihm – bemerkenswert schöne Briefe, die mich tief beeindruckten. Hier kam der andere Franz Macke zum Vorschein, ein feiner und abgeklärter Mann. Mit jedem Brief wurde mir banger zumute. Ich war nahe daran, die Reise abzusagen und Franz Macke in einer, seinen Briefen gemäßen Erinnerung zu behalten. Aber da waren schon die Flugkarte, die bereitgestellten Koffer, der hübsche neue Badeanzug. Und also flog ich.

Er holte mich am Flugplatz ab. Als er mir entgegenkam, in einem hellen, leicht zerknitterten Tropenanzug, einem Strohhut in der Hand, Schweißperlen auf der geröteten Stirn, da wußte ich, daß alles schiefgehen würde. Mit dieser Gewißheit, die spontan in Widerwillen umschlug, begrüßte ich ihn, nahm steif seinen väterlichen Kuß entgegen, dachte mit boshafter Schadenfreude: Er sieht aus wie ein kleiner, runder, altbackener Fastnachtskrapfen. Und gleichzeitig spürte ich, wie ich jeden Gedanken, jedes Gefühl ausstrahlte und auf Franz Macke, der immer kleiner, immer altbackener zu werden schien, übertrug.

Natürlich wohnten wir in dem prächtigsten Hotel Rio de Janeiros. Wie ich angstvoll vorausgeahnt hatte, teilten wir ein Appartement, das zwar aus zwei Schlafzimmern und Bädern bestand, aber nur einen gemeinsamen Salon besaß. An Blumen, üppigen Stoffen, leuchtenden Farben und vielfältigem Zierat fehlte es nicht. Ich hatte das unerträgliche Gefühl, in einer Hochzeitssuite Einzug zu halten. Franz Macke, immer in Erwartung eines anerkennenden Wortes, eines dankbaren Blickes, folgte mir wie ein

Schatten. Er trippelte hinter mir her ins Schlafzimmer, von da ins Bad, wieder zurück in den Salon und schließlich hinaus auf die riesige Terrasse. Ich stellte mich an die Brüstung. Der Blick war atemberaubend, und ich wünschte nichts sehnlicher, als allein zu sein.

Franz Macke stand dicht hinter mir. Ich spürte seinen Atem an meinem Hals, seinen substanzlosen Körper, sein Verlangen, mich zu berühren. Ich wußte, daß es sich nur noch um Sekunden handeln konnte, bis er sich die grandiose Kulisse zunutze machen und mich in seine kurzen, weichen Arme nehmen würde.

Ich wandte mich rasch ab, machte ein paar Schritte und blieb unschlüssig stehen.

»So«, sagte Franz Macke, »und jetzt werden wir zur Begrüßung einen Schluck trinken.«

Er hatte alles sorgfältig vorbereitet. Auf dem Tisch stand ein Eiskübel mit einer Flasche Champagner und ein Schälchen mit gesalzenen Nüssen und Gebäck.

Ich setzte mich auf die Hollywoodschaukel, weil ich gerne schaukelte. Franz Macke jedoch beraubte mich dieses Vergnügens, indem er sich prompt neben mich setzte. Wir tranken Champagner – ich schnell und in großen Zügen. Die Dämmerung ging abrupt in samtiges Dunkel über.

Die Sterne, übergroß, strahlend und nah, erinnerten an Christbaumschmuck. Franz Macke erzählte aus seinem Liebesleben. Eine intime Geschichte folgte der anderen: Da waren ein gutes Dutzend Jungfrauen, die er mit Zartgefühl und Geschick verführt hatte; da waren Damen der Gesellschaft und solide Hausmütterchen, die ihm nachgereist waren; da waren junge Mädchen, die sich ihm bedingungslos hingegeben, und Männer, die ihn bedroht hatten.

Die Geschichten, amüsant und detailliert erzählt, waren ganz sicher übertrieben, aber alles in allem stimmten sie. Franz Macke fing Frauen zu Dutzenden. Der Köder, den er auswarf, war unwiderstehlich. Hatte ich nicht auch angebissen? Saß ich nicht auch auf dieser albernen geblümten

Hollywoodschaukel, ein Glas Champagner in der Hand, Sterne über mir, Rio unter mir, Franz Macke neben mir?

»O Frauen«, seufzte ich, »o arme, charakterlose Wesen!«

Ich hatte bereits einen Schwips, Franz Macke zog mich mit einem geübten Griff zu sich hinüber. Mein Kopf lag jetzt auf seinen Knien, und vor meinen erstaunten Augen wölbte sich sein kleiner, spitzer Bauch.

Jedoch nicht lange! Ich wurde hochgestemmt, an seine Brust gebettet und geküßt. Mein Schwips verflüchtigte sich mit dem Druck seiner welken Lippen, seiner verdächtig gleichmäßigen Zähne. Ich drehte den Kopf zur Seite und wand mich aus seinen Armen.

»Sei nicht so prüde, Putzelchen«, sagte er und versuchte mich zurückzuhalten.

Ich war ärgerlich, ärgerlich, müde und schwindlig.

»Ich bin todmüde«, erklärte ich. »Der Flug war anstrengend, Sie sind anstrengend. Ich muß zunächst mal schlafen. Gute Nacht!«

So leicht wie an diesem ersten Abend konnte ich mich von da an nicht mehr aus der Affäre ziehen. Franz Macke hatte die Beharrlichkeit eines Moskitos, der einen mit leise vibrierendem Summen umschwirrt, immer wieder zum Stich ansetzt und dann, verscheucht, aber keineswegs entmutigt, von neuem seine Kreise zu ziehen beginnt. Zum Glück war er schwer beschäftigt, und seine zahlreichen Verhandlungen, Pressekonferenzen, Sitzungen, Empfänge und Dinners ließen mir Zeit, Rio zu bestaunen.

Aber in den kurzen Intervallen, die er seinem Privatleben – also mir – gönnte, setzte er immer wieder unverdrossen zum Angriff an. So zum Beispiel am Morgen, wenn er in kornblumenblauem Pyjama und silbergrauem Morgenmantel auf meinem Bettrand Platz nahm und aufmunternd über das Laken strich, das mich nur notdürftig bedeckte. Oder des Nachmittags, wenn wir zu einer vereinbarten Stunde auf der Terrasse Kaffee tranken und er mich aus meinem Sessel in den seinen hinüberzog. Oder wenn er sich einen Abend freihielt, um ihn ausschließlich mir zu widmen. Dergleichen Abende gab es einen – den ersten und den letzten. Er verlief folgendermaßen: Wir zogen uns festlich an und tranken auf der Terrasse einen Aperitif. Franz Macke versuchte, mich zu küssen, was ich mit der Bemerkung, ich sei gerade frisch geschminkt, abwehrte. Dann gingen wir in ein luxuriöses Restaurant zum Essen. Ich hätte das Dinner gerne zelebriert, aber er, ein hastiger Esser, zeigte nicht das gewünschte Verständnis. Darüber sehr unwillig, folgte ich ihm in ein Theater. Die Aufführung war mittelmäßig, Franz Mackes Hand, mit der er meine beharrlich umschlossen hielt, war unangenehm feucht. Nach dem Theater fuhren wir geradewegs ins Hotel zurück. Ich hatte schon von Anbeginn dieses Festprogramms das unbehagliche Gefühl gehabt, daß es einem besonderen Zweck diente, einem Zweck, dessen Krönung mich nach Rückkehr in unser Hotel erwarten würde. Daher war ich erstaunt, als Franz Macke meinen Gutenachtkuß, den ich pflichtbewußt und fluchtbereit auf seine Wange plazierte, ohne vorwurfsvollen Blick entgegennahm und meinen Abzug ins Schlafzimmer stillschweigend billigte. Ich zog mich aus, legte mich ins Bett und rauchte noch eine letzte Zigarette. Ich hatte sie kaum zu Ende geraucht, da klopfte es sachte an die Tür, und auf der Schwelle stand Franz Macke. Er trug einen mohnroten Pyjama und keinen silbergrauen Morgenmantel. Ich wußte sofort, daß der entscheidende Moment gekommen war. Er blieb neben meinem Bett stehen und fragte leichthin: »Hast du nicht noch ein wenig Platz für mich?«

Ich sagte entschieden: »Nein!«

»Warum nicht, Putzelchen, warum versuchst du es nicht mal mit mir. Wer weiß, vielleicht macht es dir Spaß.«

Er stand da, in diesem albernen roten Harlekinpyjama, einen bettelnden, fast hündischen Ausdruck in den Augen, ein nervöses Zucken um den schmallippigen, alten Mund. In diesem Moment fühlte ich nichts anderes als Wut, furchtbare, unkontrollierbare Wut – auf mich, die ich mich freiwillig in diese elende Situation hineingerannt hatte, auf ihn, der sich so weit herabließ, um das bißchen sogenannte Liebe zu betteln. Konnte er uns nicht diesen unwürdigen Auftritt ersparen?

»Gehen Sie«, sagte ich leise, »Bitte, gehen Sie – sofort.«

»Ach Putzelchen«, klagte er, »verstehst du denn nicht, daß ich verliebt bin in dich? Ich möchte dir alles geben, möchte dich immer an meiner Seite haben. Ich möchte dich zu meiner Geliebten machen.«

Ich setzte mich auf und raffte krampfhaft das Laken über der Brust zusammen. »Glauben Sie mir doch«, rief ich verzweifelt, »ich kann nicht mit Ihnen schlafen. Auch wenn Sie mir ganz Rio schenken würden, ich könnte nicht. Das ist kein Stolz und kein Trotz und beileibe keine moralische Anwandlung. Ich kann einfach nicht!«

»Bin ich dir zu alt?« fragte er, mit einem unerfreulichen Lächeln, »zu häßlich, zu klein?«

Ich sah ihn an und merkte, wie sich mein Gesicht zu einer verächtlichen Grimasse verzog.

»Sollten Sie mir wirklich zu klein und zu häßlich sein«, sagte ich, »dann nur, weil Sie solche Fragen stellen.«

Ich weiß nicht, ob er begriffen hatte, was ich damit meinte. Jedenfalls drehte er sich um und verließ wortlos das Zimmer.

Am nächsten Tag flog ich nach Deutschland zurück. Ich hinterließ Franz Macke einen Brief, in dem ich mich für die Einladung nach Rio bedankte und mich für die Gewissenlosigkeit, sie angenommen zu haben, entschuldigte.

Etwa ein halbes Jahr später rief Lotte bei mir an.

»Ich habe Ewigkeiten nichts von dir gehört«, sagte sie, und dann in heller Aufregung: »Ich muß dir unbedingt vom Opernball berichten.«

»Unbedingt«, sagte ich.

»Rate mal, wer da war?«

»Franz Macke.«

»Woher weißt du das?«

»Ich wußte es nicht. Es war ein Geistesblitz.«

Sie war etwas enttäuscht, daß ich es so schnell erraten hatte, und gab mir ein neues Rätsel auf: »Und mit wem?«

»Liebste Lotte, jetzt überschätzt du meinen Scharfsinn.«

»Also, du wirst es nicht glauben«, legte sie los, »wir haben es alle nicht geglaubt. Es ist einfach zu peinlich! Wirklich, du weißt, wie sehr ich ihn geschätzt und wie heftig immer verteidigt habe! Aber jetzt... nein, selbst ein Franz Macke muß wissen, wo seine Grenzen liegen, und wenn er das nicht weiß...«

»Lotte«, unterbrach ich ihren empörten Redefluß, »du wolltest mir eigentlich sagen, mit wem er da war.«

»Mit der Frau eines evangelischen Pfarrers«, sagte Lotte mit Grabesstimme.

»Vielleicht ist es christliche Nächstenliebe«, sagte ich und lachte.

»Lach nicht«, sagte Lotte, »es ist ein Trauerspiel! Das Mädchen ist bildhübsch, höchstens zweiundzwanzig und meiner Meinung nach schonungslos berechnend. Sie hat ihren netten jungen Pfarrer und ihre zweijährige Tochter im Handumdrehen sitzenlassen und zieht jetzt mit Franz Macke überall herum. Als erstes hat sie sich die Haare färben lassen – tizianrot. Dann kamen die Zähne dran – zwei Reihen prächtiger weißer Jacketkronen. Jetzt gefällt ihr die Nase auch schon nicht mehr, und wenn die die richtige Form hat, wird sie wohl was an ihrem Hintern auszusetzen haben. Aber das schlimmste an der Geschichte ist, daß dieser alte, eitle Mann, der ihr Großvater sein könnte, gar nicht merkt, was da gespielt wird. Er behängt sie mit Schmuck und Kleidern und Pelzen und behauptet, es sei die ganz große Liebe – nicht nur von ihm zu ihr, sondern auch von ihr zu ihm. O Gott, o Gott, o Gott, wer hätte gedacht, daß es so endet!«

Nicht lange darauf kam ein Anruf von Franz Macke.

»Ich bin hier, im Hotel Metropol«, sagte er, »komm einen Sprung vorbei, ich würde dich gerne mal wiedersehen.«

»Nach allem, was vorgefallen ist«, erwiderte ich etwas verlegen, »halte ich's nicht für sehr ratsam.«

»Ach, Unsinn«, lachte er scheinbar unbefangen, »das ist doch längst vergessen. Eine Zeitlang, das muß ich gestehen, hat es mir tüchtig zu beißen gegeben, aber jetzt ...« Er legte eine vielsagende Pause ein, »... jetzt bin ich aus gutem Grund vollends darüber hinweg.«

Ich tat ihm nicht den Gefallen, nach dem guten Grund zu fragen, und dadurch sah er sich gezwungen, ihn auch ohne Frage preiszugeben. »Ich habe eine große neue Liebe«, erklärte er, und der Stolz blähte seine Stimme.

Er wollte sich mir zweifellos in seiner wiedergewonnenen Selbstsicherheit präsentieren, und diese Gefälligkeit war ich ihm schuldig.

»Gut«, sagte ich, »ich komme.«

Er gab mir einen väterlichen Kuß auf die Stirn und tätschelte zusätzlich meine Wange, die, wie er behauptete, etwas eingefallen sei.

»Hast du Kummer, Sorgen?«

»Nicht mehr als sonst.«

»Du solltest endlich mal vernünftig werden und ein ruhigeres, ausgeglicheneres Leben führen. Wenn man in ein gewisses Alter kommt ...«

Er paradierte im Zimmer auf und ab und vergaß, den Satz zu beenden.

»Wie sehe ich aus?« fragte er unvermittelt.

»Gut.«

Er verharrte in einer Pose, die an Napoleon erinnerte.

»Bin ich dicker geworden? Älter?«

»Nein«, sagte ich, obgleich er sowohl dicker als auch älter geworden war.

Er schien über diese Antwort erleichtert, setzte sich zu mir aufs Sofa und zog ein Päckchen aus der Tasche.

»Meine Renate«, sagte er und reichte mir Bild für Bild.

Sie war wirklich bemerkenswert hübsch, und das sagte ich ihm auch.

»Sie ist nicht nur bemerkenswert hübsch, sie ist auch lieb, intelligent, vielseitig interessiert...«

Es klang wie die Heiratsannonce in einer Zeitung, und ich nickte zu jedem ihrer Vorzüge anerkennend mit dem Kopf.

»Und außerdem liebt sie mich – Gott, wie mich dieses junge Geschöpf liebt!«

Er sammelte die Fotos wieder ein und barg sie in seiner Brusttasche.

»Ihr Vater, er war aktiver Offizier, ist früh gestorben. Daher kommt es wohl, daß sie sich bei einem älteren, erfahrenen Mann besser aufgehoben fühlt als bei einem jungen. Ich kann ihr geben, was sie braucht: Wärme, Sicherheit, Verständnis...«

Ich schaute ihn groß an und schwieg. Er ließ sich dadurch keineswegs verwirren.

»Auch Goethe«, fuhr er versonnen fort, »hat noch in hohem Alter ein blutjunges Ding an sich gefesselt. Auch Pablo Picasso, Charlie Chaplin...«

Das Telefon klingelte, und er stand auf und ging zum Apparat. Ich nahm die Gelegenheit wahr, gleichfalls aufzustehen. Er machte mir aufgeregte Zeichen, mich wieder zu setzen. Ich schüttelte den Kopf.

Als er den Hörer aufgelegt hatte, trat er auf mich zu und versuchte, mich zu küssen. Ich gab ihm einen kleinen Stoß, den ich durch ein freundliches Lächeln milderte.

»Denken Sie an Renate«, warnte ich.

»Ich kann nicht verstehen«, sagte er, »warum du dich so standhaft geweigert hast, mit mir zu schlafen. Lotte hat mir erzählt, daß du meistens sehr schnell dazu bereit bist. Warum also hast du bei mir eine Ausnahme gemacht?«

Du armer, kleiner, mächtiger Mann, dachte ich und schwieg.

»Bleib heute nacht bei mir«, bat er.

»Auf Wiedersehen«, sagte ich und verließ das Zimmer.

Am nächsten Morgen rief er mich an und lud mich zu einem Bankett ein.

»Ich werde eine Rede halten«, sagte er. »Komm hin, vielleicht interessiert es dich.«

Es interessierte mich, und ich ging hin.

Er war ein brillanter Redner. Jedes Wort, jeder Ton, jede Pause saß. Seine Stimme war klar und stark, seine Gesten knapp und eindringlich.

Das Publikum war in seinem Bann. Er hätte es zu den größten Taten hinreißen können und zu den niedrigsten Verbrechen.

Dort oben auf dem Podium stand ein wahrhaft großer Mann.

Der Ritter ohne Furcht und Tadel

Es war ein sehr unangenehmes Gefühl, als er da plötzlich zur Tür hereinkam. Er schien mir noch etwas massiger, noch etwas unbeholfener. Man erwartete immer ein Malheur, irgend etwas, das klirrend zu Boden fiel und unter seinen wuchtigen Tritten zermalmt wurde. Aus Versehen natürlich, denn er hatte nie die Absicht, irgend etwas zu zerbrechen. Aber es passierte ihm immer wieder – gerade weil er es unter allen Umständen vermeiden wollte.

Sein Gesicht hatte sich kaum verändert. Vielleicht war es noch etwas mehr in die Breite gegangen, aber der naive, leicht erstaunte Ausdruck war geblieben. Auch schien er wie immer zu schwitzen. Nicht weil ihm besonders heiß war, sondern weil er unaufhörlich den Drang verspürte, alles sehr gut und sehr richtig zu machen. Und so was ist anstrengend.

Er war in Begleitung seiner Frau, einer gut gewachsenen, etwas verwaschenen Blondine, die mich, wie schon damals auf dem Foto, an eine resolute Gymnastiklehrerin erinnerte. Sie trug einen Persianer, eine schwarze Krokodilledertasche und Pumps mit etwas zu stämmigen Absätzen. Er hatte einen dunkelblauen Überzieher an, und da ich ihn noch nie im Mantel gesehen hatte, kam es mir komisch vor. Ich hatte ihn nicht mehr gesehen seit damals.

Zum Glück war es voll im Restaurant und ziemlich dunkel. Die Gefahr, daß er mich entdecken könne, war gering. Trotzdem hätte ich mich am liebsten verkrochen. Der Gedanke, unsere Blicke könnten sich treffen, war mir ausgesprochen peinlich. Würde er mich grüßen, oder mit berechtigter Rücksicht auf seine Frau über mich hinwegsehen? Ich drückte mich tiefer in meine Ecke, griff, obgleich das Steak schon auf meinem Teller lag, nach der Speisekarte und hielt sie wie ein Schild vor mein Gesicht.

Mein Begleiter – er kannte mich lange genug – durchschaute das Manöver und blickte neugierig über die Schulter zurück. »Vor wem versteckst du dich eigentlich«, wollte er wissen. »Vor dem Dicken da?«

»Er ist nicht dick, er ist kompakt.«

»Na schön, von mir aus kompakt. Sieht aus wie ein Oberschullehrer oder ein Postinspektor.«

»Er ist Architekt. Ein ausgezeichneter sogar!«

Ich nahm nicht etwa ihn in Schutz, sondern mich.

»Hattest du mal was mit ihm?« fragte mein Bekannter grinsend.

»Ach komm, hör doch auf!« sagte ich ärgerlich.

Ich lugte über den Rand der Speisekarte und legte sie dann beruhigt beiseite. Die beiden hatten die Mäntel abgelegt und sich gesetzt. Sie trug ein dunkles Kostüm mit einer Brillantbrosche am Revers. Er einen grauen Anzug mit feinen weißen Nadelstreifen. Sie sahen gepflegt und unauffällig aus – ein Paar, das sich durch nichts von Millionen anderer Paare unterschied.

Ich begann zu essen, aber ich war nicht so recht bei der Sache. Immer wieder schaute ich zu den beiden hinüber. Sie machten einen sehr vertrauten, aber keineswegs abgestumpften Eindruck. Sie unterhielten sich miteinander – lebhaft sogar –, lächelten sich zu, tauschten Blicke und Gesten, die auf eine starke innere Beziehung schließen ließen. Als sie die Speisekarte studierten, taten sie es gemeinsam und mit dem Eifer von Menschen, die gerne gut essen. Die Vorspeise schien sie noch inniger miteinander zu verbinden. Er ließ sie eine Gabel von seinem Gericht und sie ihn eine Gabel von ihrem probieren.

O ja, sie verstanden sich, verstanden sich so prächtig, wie er immer behauptet hatte.

Ich trank mein Glas Wein aus und ließ es von neuem füllen. Irgendwann schaute ich wieder zu ihnen hinüber. Aber ich mußte wohl schon ziemlich viel getrunken haben, denn plötzlich war die Frau verschwunden, der Tisch, der solide dunkelgraue Anzug – und er lag da, am Strand von Kairo, in einer hellblauen, prall gefüllten Badehose.

Ich schüttelte den Kopf, um das Bild zu verscheuchen, aber es blieb. Ich sah seinen plumpen Körper, der sich über mich beugte, sein bestürztes, schweißüberströmtes Gesicht: »Ich kann nichts dafür«, sagte er, und es klang ratlos, »es ist mir nur zweimal in meinem Leben passiert. Einmal, vor dreiundzwanzig Jahren, mit Helga, meiner Frau, und jetzt mit dir.«

Das war vor drei Jahren gewesen.

Ich war auf einen Monat nach Alexandria gefahren, aber aus dem einen Monat war ein halbes Jahr geworden. Ich war dieser Stadt verfallen. Ich liebte den glühenden Atem, der mir aus den weißen Mauern entgegenschlug, den kargen Streifen Schatten, der sich an den Häusern entlangzog, die flirrende Hitze der Mittagsstunden, die verheißungsvollen Abende, die Menschen und Tiere auf die Straße trieben, die samtigen, geräuschvollen Nächte; ich liebte das weite, flache, ausgebrannte Land, das Silber der Olivenbäume, das unendliche Blau des Himmels, die Monotonie der arabischen Musik, die lähmende Glut des Wüstenwindes, die Schwermut in den Augen der Menschen. Ich ließ mich treiben von dem Rhythmus dieses Lebens, ein träger, fatalistischer Rhythmus, der vom Klima bestimmt wird und einem nichts abverlangt.

Ich wohnte bei Julie und ihrem Mann Anatole. Julie war gebürtige Ungarin, Anatole halb Russe, halb Franzose. Beide waren schon zweimal verheiratet gewesen, und dies war ihre dritte Ehe – eine ungewöhnlich glückliche. Sie hatten Scharen von Kindern, aus ihren ersten und zweiten Ehen. Zum Glück waren alle schon erwachsen und lebten zum Teil in Amerika, zum Teil in Europa. Gemeinsam hatten sie keine Kinder, und darum erklärten sie mich zu ihrer Tochter. Ich hätte mir wirklich keine liebenswerteren Eltern wünschen können und kein harmonischeres Familienleben. Es ging alles drunter und drüber, und das war ungeheuer entspannend. Man aß, wenn man Hunger hatte, man schlief, wenn man müde war, man feierte Feste, wenn man Lust dazu hatte, und wenn man allein sein wollte, zog man sich in sein Zimmer zurück.

Die Wohnung war hell, geräumig und ewig unordentlich. Sie hatte eine umfassende Bibliothek, einen gekachelten Fußboden, viele Couchen mit bunten Bezügen und eine nie ganz saubere Badewanne.

Es war ein herrliches Leben, und es hätte so bleiben können, wenn nicht eines besonders heißen Nachmittags der Anruf gekommen wäre.

Julie rief mich ans Telefon. »Irgendein Deutscher«, sagte sie, »er klingt schrecklich energisch.«

Ich nahm den Hörer und meldete mich.

»Hier ist Kurt Wilke«, sagte eine schroffe, männliche Stimme. »Ich hoffe, ich störe Sie nicht.«

»Wobei?« fragte ich, über die alberne Floskel verärgert.

Da ihm darauf keine passende Antwort einfiel, lachte er, etwas gezwungen, schien mir, und übellaunig. Dann verfiel er wieder in seinen knappen, präzisen Tonfall: »Ich bin vor ein paar Tagen hier angekommen und habe ein Päckchen für Sie. Ein gemeinsamer Bekannter, Dr. Peters, hat es mir mitgegeben.«

»Ach ja, die Bücher«, sagte ich. »Vielen Dank. Wo wohnen Sie denn?«

Er nannte mir den Namen des Hotels, und ich bat ihn, das Paket beim Portier zu hinterlegen, damit ich es mir im Laufe des Abends abholen könne. Er sagte es mir zu, wir verabschiedeten uns, und damit war das Gespräch beendet.

Es war neun, vielleicht auch schon zehn, als ich das Hotel betrat. Der Portier hatte kein Päckchen für mich, dafür aber die Nachricht, daß Herr Wilke in der Halle säße. Ich hatte keine Lust, Herrn Wilke kennenzulernen, aber da ich in den Besitz meiner Bücher kommen wollte, blieb mir gar nichts anderes übrig.

Die Halle war riesig, fast leer und angenehm kühl. In einem rubinroten Fauteuil, hinter einer Zeitung versteckt, saß etwas, das nur Herr Wilke sein konnte. Ich erkannte es an den hellgrauen, mit Aufschlägen versehenen Hosenbeinen, den kurzen, ebenfalls hellgrauen Nylonsocken und dem breiten Ehering an seiner rechten Hand.

Ich ging also darauf zu, aber ich hatte noch keine drei Schritte zurückgelegt, da ließ er die Zeitung sinken und sah mir entgegen. Er hatte ein rundes, fleischiges Gesicht und einen offenen, festen Blick. Aber während ich näher kam und immer näher, vollzog sich etwas Eigenartiges in diesem Gesicht. Es schien sich zu spannen, zu verhärten, und in die Augen kam ein wachsamer Blick. Ich wurde unwillkürlich an einen Stier erinnert, der drohend den Kopf senkt.

Obgleich ich mir keiner Schuld bewußt war, überkam mich ein leises Unbehagen. Vielleicht irritierte ihn tatsächlich das Rot meines ärmellosen Kleides oder das tiefe Braun meiner Haut oder die Länge meiner unfrisierten Haare. Es war mir bisher gar nicht aufgefallen, aber plötzlich, unter dem scharfen Blick dieses Mannes, fühlte ich mich nicht mehr als Europäerin.

Als ich nur noch ein paar Schritte von ihm entfernt war, erhob er sich. Die Zeitung rutschte ihm dabei zu Boden, aber er merkte es nicht. Wir gaben uns die Hand und sagten Guten Abend. Wir lächelten nicht.

Nachträglich fiel mir ein, daß wir bis zwei Uhr nachts zusammen gesessen hatten, ohne ein einziges Mal zu lächeln. Schon die ersten paar Sätze hatten zu einer heftigen Diskussion geführt, einer Diskussion, die sich nicht in sachlichen Grenzen verhielt, sondern auf- und überkochte wie ein Haferschleimbrei in einem viel zu kleinen Topf.

Das Leben in Alexandria, behauptete ich, sei das einzig Wahre. Das sei ewige Sonne und bunte Bazars und märchenhafte Nächte...

Das sei, fiel er mir ins Wort, Elend und Korruption. Ungeziefer und Gestank...

Das sei, ereiferte ich mich entrüstet, das simple, unverfälschte Leben, das einem nichts aufzwingt, das einen mit sich spült, irgendwohin... irgendwohin...

»Ja«, sagte er grimmig, »es fragt sich nur wohin?«

»Das ist doch ganz egal!« rief ich. »Wohin! Wen geht das etwas an? Wir sind doch hier nicht in Europa, wo man sich schon am frühen Morgen eine meterlange Liste zusammenstellt, wohin man muß und zu wem man muß und wie weit man muß und wie hoch hinaus!«

Ich erinnere mich, daß in diesem Moment eine Pause eintrat und wir uns feindselig anstarrten. Da war nichts, aber auch gar nichts, was uns miteinander verband. Dieser bullige Mann, der mir da gegenübersaß, war ein Ritter ohne Furcht und Tadel. Sein Leben bestand aus Prinzipien und Grundsätzen, aus Idealen und Konventionen, aus Gesetzen, Pflichten und Zucht.

»Ich muß gehen«, sagte ich und stand auf.

Er trat auf mich zu, und einen Augenblick lang glaubte ich, er würde mich bei den Schultern packen und schütteln.

»Sie gehen hier unter«, sagte er. »Fahren Sie so schnell wie möglich nach Deutschland zurück.«

»Ich denke gar nicht daran!«

»Dann werde ich dafür sorgen.«

Am nächsten Morgen fuhr ich auf zwei Tage fort. Bei meiner Rückkehr fand ich einen riesigen Strauß schneeweißer Rosen vor und ein Kärtchen mit den Worten: »Bleiben Sie doch lieber noch eine Weile hier. Ohne Sie könnte ich Alexandria nicht ertragen.«

»Na, was sagst du dazu?« fragte Julie mit glitzernden Augen.

»Der Mann spinnt«, sagte ich achselzuckend. »Er ist der Typ, der bei Hitze durchdreht.«

»Er hat schon mindestens fünfmal hier angerufen.«

Der sechste Anruf kam eine knappe halbe Stunde später. »Essen Sie mit mir zu Abend«, befahl er mehr, als er bat. »Ich muß Ihnen etwas sagen.«

»Sie sollten Ihr Haar immer so tragen«, war das erste, was er sagte, »es steht Ihnen wunderbar.«

Ich hatte mir die Haare hochgesteckt, und natürlich gefiel ihm die ordentliche Frisur besser als die wilde Mähne vom letzten Mal.

»Ich finde nicht, daß es mir steht.«

»O doch! Jetzt erst kommt die ganze Klarheit Ihres Gesichts zum Ausdruck.«

»Sie legen großen Wert auf Klarheit, nicht wahr?«

»Allergrößten!«

Wir saßen in einem erstklassigen französischen Restaurant. Es war eines der wenigen, in dem es nicht nach Hammel roch. Das Essen war ausgezeichnet, die Tischtücher blendend weiß, die Kellner europäisch gedrillt. Kurt Wilke vergaß die Unbillen Alexandrias.

Ich wartete immer, daß er mir sagte, was sagen zu müssen er mir am Telefon angedeutet hatte. Aber er sprach über seinen Beruf, über die Klinik, die er in einem Vorort Alexandrias bauen sollte, über seinen Schäferhund Ivan, über Politik, Bismarck und die Unumgänglichkeit einer Vereinigung Europas.

Ich muß gestehen, daß mich nichts von alledem interessierte, aber solange ich mich mit Essen, Trinken und Rauchen beschäftigen konnte, machte es mir nicht allzuviel aus zuzuhören. Auch ahnte ich, daß das alles nur Präliminarien waren. Irgend etwas, das nichts mit Europa, Bismarck und Ivan zu tun hatte, schien in seinem schweißbeperlten Kopf zu arbeiten und nach einer klaren Ausdrucksform zu suchen. Aber – wahrscheinlich zum ersten Mal – schien da, in seinem Innern, eine gewisse Unklarheit zu herrschen.

Irgendwann ging ich hinaus, um mich ein wenig zurechtzumachen. Als ich zurückkam, lag neben meinem Glas eine sehr dekorative Brosche – ein einziger schwarzer Stein in einer großen, asymetrischen Silberfassung.

Ich sah Kurt Wilke an, und er lächelte etwas verlegen.

»Als ich das sah«, erklärte er, »mußte ich sofort an Sie

denken. Denn das sind Sie: ein unergründlicher, dunkler Edelstein in einer großen, glänzenden Fläche.«

Er legte mir das Schmuckstück in die Hand und damit sich selber.

Ich wußte gar nicht, was ich mit ihm anfangen sollte. Er war eine ganz andere Rasse als ich, und er lebte in einer mir fremden Welt. Aber er glaubte – nein, er war davon überzeugt –, mich in diese Welt hinüberziehen zu können. Zuerst nahm ich das alles nicht ernst. Ich schrieb seine jäh entflammte, sich überschlagende Leidenschaft der Hitze zu, den stark gewürzten Speisen, den exotischen Nächten, einer verfrühten Torschlußpanik oder einem Einsamkeitsgefühl, wie es einen mitunter überkommt. Ich hielt es für ein vorübergehendes Abenteuer, wie er wahrscheinlich schon viele gehabt hatte. Es machte mir Spaß, mitzuspielen und ihm zu zeigen, daß ich recht gewandt und erfahren auf diesem Gebiet des Zeitvertreibs war. Allerdings kam mir manchmal der Gedanke, daß ich diesen Zeitvertreib weitaus besser beherrsche als er. Wenn ich ihn küßte oder mich beim Tanzen an ihn preßte, kam ein unbeschreiblicher Ausdruck in sein Gesicht – eine Mischung aus maßlosem Erstaunen und Verzückung. Allein dieser Ausdruck trieb mich zu immer heftigeren Herausforderungen. Warum er diese nicht bis zur letzten Konsequenz ausnutzte, das freilich blieb mir ein Rätsel.

Und dann, eines Tages, löste sich das Rätsel, und das, was ich nie ernst genommen hatte, wurde bitterster Ernst.

Das war an dem Tag, an dem wir am Strand von Alexandria lagen.

»Ich kann nichts dafür«, sagte er, »es ist mir nur zweimal in meinem Leben passiert. Einmal, vor dreiundzwanzig Jahren, mit Helga, meiner Frau, und jetzt mit dir.«

Ich öffnete die Augen, sah sein ölbeschmiertes Gesicht dicht über dem meinen und schloß sie wieder.

»Übertreib nicht so«, sagte ich.

»Ich übertreibe nicht. Es ist mein heiligster Ernst. Bis jetzt gab es in meinem ganzen Leben nur eine Frau.«

»Bravo«, sagte ich, »und wie oft hast du sie betrogen?«

»Kein einziges Mal.«

Ich öffnete wieder die Augen, ganz rasch, um noch die Lüge in seinem Gesicht zu ertappen. Aber da war keine Lüge. Sein Gesicht war hoffnungslos ehrlich, selbst ein ganz schlechter Psychologe hätte das feststellen können.

Ich setzte mich auf und fragte mit echtem Erstaunen: »Und warum hast du sie nie betrogen?«

»Wenn man eine Frau wirklich liebt und restlos glücklich mit ihr ist, dann hat man eben nicht das Bedürfnis, sie zu betrügen. Du mußt verstehen, ich war vierundzwanzig und buchstäblich unberührt, als ich Helga kennenlernte. Es war Liebe auf den ersten Blick, und es blieb Liebe – dreiundzwanzig Jahre lang. Wir stimmen in allem überein – Geist, Seele, Körper. Wir mögen dasselbe, und wir lehnen dasselbe ab. In unserem Leben gibt es keinen Gedanken, den der andere nicht nachempfinden könnte.«

»Das ist doch alles sehr schön«, sagte ich.

»Das war sehr schön«, verbesserte er. »Jetzt bin ich dir begegnet, und alles hat sich geändert. Ich liebe Helga nach wie vor, aber dich liebe ich auch. Auf eine ganz andere Art, viel ungezügelter, maßlos geradezu und schmerzhaft.«

»Es wird vorübergehen«, sagte ich nüchtern. »Es ist nur eine Stichflamme und trifft dich so stark, weil es dir so selten passiert ist.«

»Ja«, sagte er, »und gerade das ist für mich der Beweis, daß es keine Stichflamme ist, sondern Liebe.«

Es war sinnlos, mit ihm zu argumentieren. Er war zu der Überzeugung gelangt, daß er mich liebte, und seine Überzeugungen waren unerschütterlich.

»Kannst du mir bitte den Rücken einölen?« sagte ich.

Er begann, mir den Rücken einzureiben.

»Nächste Woche«, erklärte er, »fliege ich nach Deutschland und bitte meine Frau um die Scheidung.«

»Etwa um mich zu heiraten?« fragte ich erschrocken.

Am Abend bevor er nach Deutschland flog, versuchte ich es zum letzten Mal.

»Ich liebe dich nicht«, erklärte ich, »und ich wüßte auch sonst keinen Grund, warum ich dich heiraten sollte.«

Wir saßen an einer Bar, und er trank einen Schluck von seinem Gin Tonic, lächelte und sagte: »So wie die Situation jetzt ist, kannst du ja gar nichts anderes sagen. Und das ist auch der Grund, warum ich mich scheiden lassen möchte. Erst wenn ich frei bin, kann ich dir beweisen...«

»Du wirst mir auch dann nichts beweisen können«, unterbrach ich ihn erregt, »du opferst deine glückliche Ehe für nichts und wieder nichts!«

»Daran ist so oder so nichts mehr zu ändern. Selbst wenn du mich wirklich nicht heiraten solltest, muß meine Frau erfahren, was vorgefallen ist.«

»Aber warum denn, um Himmels willen?«

»Weil es hier um Liebe geht und weil ich diese Liebe nicht durch Lügen und Geheimnistuerei entwürdigen will. Das mindeste, was ich zwei so großartigen Frauen wie dir und Helga schulde, ist Fair play.«

»Ein reizendes Fair play«, sagte ich. »Hoffen wir, daß es deine Frau auch als solches empfindet.«

»Das wird sie. Helga ist ein durch und durch redlicher Mensch, und sie schätzt Ehrlichkeit über alles.«

»Es gibt eine Grenze«, sagte ich. »Wo die Ehrlichkeit aufhört und die Grausamkeit anfängt. Aber wahrscheinlich verstehe ich nichts davon. Ich bin wohl kein redlicher Mensch.«

Er flog also nach Deutschland und wollte eine Woche später wieder zurück sein. Ich wußte das Datum und den Ankunftstermin seines Flugzeugs, aber da er mir kein Telegramm geschickt hatte, holte ich ihn auch nicht ab. Ich war ganz sicher, daß er mich im Laufe des Tages anrufen würde, aber er tat es nicht. Ich fand das zwar etwas sonderbar, dachte aber nicht weiter darüber nach. Die Woche ohne ihn war sehr angenehm gewesen und das Bedürfnis, ihn wiederzusehen, kaum vorhanden. Erst am nächsten Tag erkundigte ich mich im Hotel, ob er überhaupt eingetroffen sei. Er war eingetroffen und kam an den Apparat. Ich fragte ihn nicht, warum er nicht angerufen hätte, und er gab mir auch keine Auskunft darüber.

Er sprach in sehr reserviertem Ton mit mir.

Sieh an, dachte ich, er hat zu seiner redlichen Frau zurückgefunden.

Ich war kurz davor, auf Wiedersehen zu sagen, als er mich fragte, ob er mich am Abend sehen könne.

»Warum nicht«, sagte ich, »komm gegen sieben bei mir vorbei.«

»Bist du allein?«

Für Julie und Anatole hatte er wenig übrig.

»Sollte ich nicht allein sein«, sagte ich patzig, »können wir uns ja immer noch in mein Zimmer zurückziehen.«

»Also gut, ich bin um sieben Uhr bei dir.«

Ich öffnete ihm die Tür, und da stand er und sah ungeheuer europäisch aus. Er trug einen adretten, beigefarbenen Anzug, ein makellos weißes Hemd, eine hübsche gestreifte Krawatte und auf Hochglanz polierte Schuhe. In seinem Gesicht mischten sich Aggressivität, Unbehagen und Überheblichkeit. Er musterte mich mit einem Blick, der fast so etwas wie Widerwillen ausdrückte. Ich hatte mich nicht umgezogen. Ich war barfuß und trug Shorts und ein zerknittertes Khakihemd. Meine Haare hingen unordentlich auf die Schultern herab.

Es machte mir Spaß, ihm so gegenüberzustehen. Ich wollte ihn vor den Kopf stoßen.

»Komm herein«, sagte ich, »die Schuhe brauchst du dir nicht abzutreten. Wir sind, zum Glück, nicht in Deutschland.«

Er trat an mir vorbei in die Diele und schien nach Worten und der richtigen Begrüßungsform zu suchen.

Ich hatte die Arme auf dem Rücken verschränkt und sah ihn spöttisch an.

Er war noch ganz erfüllt von der redlichen Frau, dem hübschen Haus, der gepflegten Atmosphäre, dem kühlen Klima Deutschlands.

»Tja«, sagte ich, »das ist ein Unterschied, nicht wahr?«

»Was meinst du?«

»Das, was du denkst.«

Ich lachte und ging ihm voraus in mein Zimmer.

Ich spürte seinen Widerstand. Eine Zeitlang war er noch spontan und echt. Seine Frau, sein Haus, sein Hund, sein ganzes wohltemperiertes Leben waren ihm noch wesentlich näher als ich, die ich in nachlässiger Aufmachung in einem stickigen Zimmer auf einer unordentlichen Couch lag. Aber nach und nach begann dieser Widerstand zu schmelzen und in wahren Schweißbächen an ihm herabzufließen. Ich rückte immer mehr in den Vordergrund. Wohl versuchte er noch, den Widerstand aufrecht und die vertrauten Bilder seines dreiundzwanzigjährigen Ehelebens in Sinn und Auge zu behalten, aber es wollte ihm nicht mehr so recht gelingen. Er lief ruhelos im Zimmer umher, entledigte sich seiner Jacke, wischte sich den Schweiß vom Gesicht, schlug die breiten, kräftigen Hände in einer unbeholfenen Gebärde ein paarmal laut klatschend gegeneinander.

Seine tolpatschigen Bewegungen, seine stumme Verzweiflung machten mich nervös.

»Nun sprich schon«, sagte ich ungeduldig, »was ist passiert?«

»Es war eben doch sehr, sehr schwer!«

»Und außerdem überflüssig«, bemerkte ich. »Aber du wolltest es ja so. Ist sie zusammengebrochen, oder hat sie dir die Einrichtung um die Ohren geschlagen?«

»Helga«, sagte er, und es klang, als spräche er von einer Heiligen, »bricht nicht zusammen und schlägt nicht um sich. Helga hat mir in den ganzen dreiundzwanzig Jahren noch nie eine Szene gemacht. Auch diesmal nicht. Sie hat sich alles angehört, totenblaß, aber ganz ruhig, und dann hat sie gesagt: ›Was immer ich jetzt auch täte, ich kann dich nicht daran hindern, diese Frau zu lieben. Ich kann dich nur um eines bitten: Warte noch ein halbes Jahr mit der Scheidung.‹

Natürlich habe ich eingewilligt. Das zumindest bin ich ihr schuldig. Sie ist eine so phantastische Frau, und wir sind immer noch tief miteinander verbunden.«

»Dann bleib es doch auch, zum Teufel«, sagte ich grob.

Er sah mich schweigend und mit traurigem Vorwurf an. Helga hätte ganz anders reagiert. Helga hätte bleich, aber gefaßt, ein verständnisvolles Wort gefunden.

Ich wollte ihn nicht mehr sehen und schloß die Augen. Aber jetzt sah ich sie beide – die großmütige Helga und den schuldbeladenen Kurt. Sie saßen einander in dem großen, dekorativen Wohnzimmer gegenüber, diesem Raum, den sie gemeinsam entworfen und eingerichtet hatten. Zu ihren Füßen lag der Hund, das treue Tier, das sie gemeinsam großgezogen hatten. Und durch die Glaswand sah man den Garten, dieses gepflegte Stückchen Erde, das sie gemeinsam bepflanzt hatten.

»Sie ist das Gegenteil von dir«, hörte ich Kurt sagen, »ein haltloser Mensch, ein Mensch ohne Wurzeln.«

Und Helga seufzte und schwieg. Das Herz drehte sich ihr im Leibe um, aber kein bitteres, kein bissiges, kein gemeines Wort kam über ihre Lippen.

»Die ganze Geschichte ödet mich an«, sagte ich.

Er trat an die Couch und blickte hilflos auf mich hinab. »Sprich nicht so«, bat er leise.

Jetzt war es wieder soweit. Der Strudel seiner unseligen Leidenschaft hatte ihn von neuem gepackt. Ich zog ein verzweifeltes Gesicht. Ich wollte in Ruhe gelassen werden. Es war heiß im Zimmer, schrecklich heiß. Die Probleme des Ehepaares Wilke interessierten mich nicht.

Julie und Anatole hatten einen Bungalow am Meer. Er lag etwa fünfzig Kilometer von Alexandria entfernt, und dorthin wollte ich mich übers Wochenende zurückziehen.

Kurt Wilke hielt das für eine vortreffliche Idee. Er schloß sich mir an, ohne daß ich ihn dazu aufgefordert hätte.

Ich ließ es geschehen. Ich hatte keine Lust, mich in neue Diskussionen einzulassen. Es war sinnlos und außerdem viel zu heiß. Aus der Wüste kam ein schwerer, lähmender Wind, der eine grenzenlose Gleichgültigkeit in mir auslöste. Es war mir alles egal: ob Kurt Wilke mitkam oder nicht; ob er sich scheiden ließ oder nicht; ob ich ihn stündlich sah oder nie mehr. Er hatte ein Auto gemietet und sich mit einem gewaltigen Packen Zeitungen und Bücher bewaffnet. Die Bücher waren für mich gedacht, denn ich sollte auf politischem und geschichtlichem Sektor geschult werden.

Ein moderner, intelligenter Mensch, meinte er, dürfe dem Geschehen der Weltgeschichte nicht teilnahmslos gegenüberstehen.

Wir fuhren durch eine Gegend, die ich sehr liebte. Dieses weite, leere, von der Sonne gemarterte Land. Hier und da ein Hügel, an den sich ein winziges Dorf krallte. Die Häuser hatten alle verschiedene Farben: blau, grün, rosa, ja, sogar violett.

Die politische Teilnahmslosigkeit, fuhr Kurt Wilke fort, hätte schon viele Katastrophen ausgelöst. Ich solle doch nur mal an die Hitlerzeit denken.

Auf einem zimtbraunen Feld stand eine Araberin in einem langen, türkisgrünen Gewand. Es war ein wunderschöner Anblick, und ich schaute noch lange zurück.

Ich müsse geweckt und angeregt werden, bemerkte Kurt Wilke. Meine Interesselosigkeit sei beunruhigend. Ob mich denn nichts fessele?

»Rein gar nichts«, sagte ich.

Selbst diese erschütternde Antwort ließ ihn nicht verstummen. Er sprach sehr viel auf dieser Fahrt, und er war voller Zuversicht. Jetzt hatte er mich endlich einmal ganz für sich allein, hatte mich sozusagen fest im Griff. Und irgendwie, irgendwo würde er schon den richtigen

Punkt berühren – das Sesam-öffne-dich zu einer gemeinsamen, harmonischen Zukunft.

Der Abend ließ sich ganz nach seinem Geschmack an. Ich machte das Essen, und er las Zeitung. Hin und wieder erschien er in der Küche, um mir eine interessante Nachricht vorzulesen oder auch nur, um einen wohlgefälligen, besitzergreifenden Blick auf mich zu werfen. Er sah mich gerne in der Küche hantieren. Es brachte mich ihm offenbar näher.

Es betonte den weiblichen Zug in mir und weckte verheißungsvolle Zukunftsbilder in ihm.

Ich machte ein Gericht aus Eiern, Paprikaschoten, Tomaten und Zwiebeln, richtete eine große Schüssel Salat an, öffnete eine Flasche Rotwein, deckte sorgfältig den Tisch und stellte zwei Kerzen darauf.

»Du bist ja eine vorzügliche Hausfrau«, lobte Kurt Wilke.

Sein Lob irritierte mich.

»Das kann doch wohl jeder«, brummte ich.

»O nein, da irrst du dich!«

Er saß da, breit und behäbig, in seinem hellblauen, kurzärmeligen Sporthemd und aß mit Heißhunger.

»Im Grunde mußt du nur mal auf das richtige Gleis geschoben werden«, sagte er zwischendurch, »und dann wirst du sehen...«

Er beendete den Satz erst gar nicht. Das, was ich sehen würde, war in Worten wohl kaum auszudrücken.

Ich aß wenig und trank viel. In mir war ein großes Unbehagen, das ich zu betäuben suchte. Schon jetzt hatte ich das Gefühl, seit Jahren mit ihm an ein und demselben Tisch zu sitzen und ihm, selber appetitlos, beim Essen zuzusehen. Was tat man, wenn der Tisch abgeräumt, das Geschirr abgespült und noch gute zwei, drei Stunden totzuschlagen waren? Ich trank noch ein Glas Wein und ließ ihn reden.

Er sprach von Europa, und jetzt war ich wirklich schon leicht betäubt. Ich hörte nur noch die Worte, die er mit besonderem Enthusiasmus aussprach: Tradition und Kultur zum Beispiel; edle Weine und geistiger Reichtum; zarte Fasanenbrust und große Dichter; Schweizer Gastronomie und majestätische Berge. All das würde er mir zeigen, all das würde er mir nahebringen...

Draußen hing ein gelber Mond, und das Meer schlug leise an die Küste. Ich wollte hinausgehen und das Meer auf meiner Haut spüren und den Sand. Kurt Wilke war jetzt bei Bismarck angelangt, und auch den wollte er mir nahebringen. Er war ein wahrer Bismarck-Fanatiker und wußte zahllose Geschichten über ihn zu erzählen.

Ich hatte schon immer eine große Vorliebe für den Mond gehabt, aber nie für Bismarck. Als mir die Augen zuzufallen drohten, streckte ich mich auf der Bank aus.

»Sprich nur weiter«, ermunterte ich Kurt Wilke, »ich höre dir genau zu.«

Er sprach weiter, und das letzte, was ich von Bismarck erfuhr, war, daß er eine bemerkenswert hohe Stimme gehabt hatte. Dann muß ich wohl eingeschlafen sein.

Kurt Wilke weckte mich, indem er sich über mich beugte und meinen Namen rief. Ich öffnete die Augen und wunderte mich, daß ich auf der Bank hinter dem Tisch lag.

»Was ist denn hier los?« fragte ich benommen.

»Du bist eingeschlafen«, sagte er.

Ich setzte mich auf, gähnte und schüttelte, immer noch verwundert, den Kopf. »So was ist mir wirklich noch nie passiert«, stellte ich fest. »Im allgemeinen schlafe ich schwer ein.«

»Ich wußte nicht, daß Bismarck so einschläfernd auf dich wirkt.«

Er machte einen gekränkten Eindruck.

»Entschuldige«, sagte ich und mußte lachen.

»Komm, gehen wir zu Bett.«

Ich war sehr dafür, aber da war zuvor noch eine Unklarheit zu beheben. Im Schlafzimmer stand ein Doppelbett, im Wohnzimmer eine Couch. Ich blieb unschlüssig sitzen und schaute fragend zu Kurt Wilke auf. Er begriff, schneller als ich gedacht hatte, nahm meine beiden Hände und zog mich behutsam, aber zielbewußt zu sich empor. Dann legte er den Arm um meine Schulter und führte mich wortlos ins Schlafzimmer.

Aha, dachte ich, jetzt ist es soweit. Helga weiß Bescheid. Die Situation ist geklärt. Einem Ehebruch steht nichts mehr im Wege.

Ich zog mich aus. Der Gedanke, die zweite Frau im Leben eines siebenundvierzigjährigen Mannes zu sein, begann mich zu reizen. Wer hat schon diese seltene Gelegenheit? Vielleicht stand mir da eine große und angenehme Überraschung bevor.

Es war eine Überraschung, aber keine sonderlich angenehme. Immer im entscheidenden Augenblick mußte Kurt Wilke an Helga denken, und obgleich doch sein Gewissen rein war, löste der Gedanke ganz automatisch einen hemmenden Reflex in ihm aus. Ich hatte ein Gefühl, wie es ein Mann bei der Entjungferung eines ältlichen Mädchens haben mag, und der anfängliche Reiz schlug sehr schnell in Mitleid um.

»Mach dir nichts draus«, tröstete ich, und da er sich doch sehr viel daraus zu machen schien, fügte ich noch hinzu: »Es gibt Schlimmeres.«

Aber er schüttelte nur den Kopf. Für ihn gab es in diesem Moment nichts Schlimmeres.

»Ich begreife das gar nicht«, murmelte er ein über das andere Mal.

»Natürlich begreifst du es, aber du willst es immer noch nicht wahrhaben. Ich bin nicht die Richtige für dich und werde es auch nie sein. Du gehörst zu deiner Frau, und du wirst bei ihr bleiben.«

Wieder schüttelte er den Kopf. »Verlaß dich drauf«, sagte ich und löschte das Licht.

Am nächsten Tag schlug ich einen frisch-frei-fröhlichen Ton an. Ich spielte die gute Kameradin; und obgleich mir die Rolle keineswegs lag und Kurt Wilke auch gar nicht darauf einging, hielt ich sie meisterhaft durch. Wir fuhren frühzeitig nach Alexandria zurück. Ich hatte freundlich, aber fest darauf bestanden. Auf der Fahrt war ich so munter und liebenswürdig wie nie zuvor. Für mich war diese merkwürdige Romanze ein für allemal erledigt. Nicht so für Kurt Wilke.

»Wir müssen die Dinge klarstellen«, sagte er mit entschlossenem Gesicht.

»Ich fürchte«, erwiderte ich, »noch klarer geht es nicht.«

Aber es ging dann doch – durch puren Zufall allerdings. Kurz nach unserem mißglückten Wochenendausflug lernte ich John kennen, einen jungen Engländer, der mir ausnehmend gut gefiel. Er war das glatte Gegenteil von Kurt Wilke – ein schmaler, sensibler Mann mit einem Übermaß an Charme und Humor und einem Minimum an Redlichkeit. Die nächsten zwei Tage verbrachte ich ausschließlich in seiner Gesellschaft, und da Julie und Anatole verreist waren, hatten wir die Wohnung für uns. Das Telefon klingelte häufig, und ich ließ es klingeln. Erst am Abend des zweiten Tages, als die Klingel gar nicht mehr verstummen wollte, wurde ich nervös und nahm den Hörer ab.

»Sehr liebenswürdig, daß du dich meldest«, sagte Kurt Wilke erregt.

»Ja«, sagte ich.

»Wie hast du das eigentlich gemacht? Hast du deinen Freunden verboten, ans Telefon zu gehen?«

»Sie sind verreist.«

»Ah, so. Aber du warst die ganze Zeit da.«

»Die meiste Zeit.«

»Ich muß dich sprechen – heute noch.«

»Das geht leider nicht. Ich habe Besuch.«

Er schwieg, und ich schaute zu John hinüber, der sich auf der Couch ausgestreckt hatte und Rauchringe in die Luft blies.

»Ruf mich doch morgen früh an«, sagte ich.
»Gut«, sagte er, »auf Wiedersehen.«

John blieb die Nacht über da. Ich weiß nicht, ob ich den Anruf vergessen oder das Telefon nicht gehört hatte.

Kurz nach neun klingelte es anhaltend an der Wohnungstür. Um diese Zeit kam meistens der Postbote, ein unangenehmer und aufdringlicher Kerl mit einer Allergie gegen Briefkästen.

John murmelte: »Damn it all...«, und ich stand auf, zog einen Morgenrock an und ging zur Tür. Ich öffnete sie ahnungslos und gerade weit genug, um die Post in Empfang nehmen zu können.

Draußen stand Kurt Wilke. Er strömte Ordnung, einen Duft von Eau de Cologne und eiserne Entschlossenheit aus.

»Da du mal wieder nicht ans Telefon gegangen bist und ich an solchen Spielen keinen Gefallen finden kann, bin ich vorbeigekommen.«

Ich öffnete die Tür ein Stück weiter, trat aber nicht beiseite.

»Mußte das sein?« fragte ich.

»Ja, das mußte sein. Und ich wäre dir dankbar, wenn wir die Unterhaltung in der Wohnung fortsetzen könnten.«

»Ich fürchte, das geht nicht.«

»Warum? Hast du schon wieder Besuch?«

»Nein, immer noch.«

»Das glaube ich dir nicht.«

»Bitte«, sagte ich und trat zur Seite, »du kannst in mein Zimmer gehen und dich davon überzeugen.«

Sein eben noch rotes, schweißbeperltes Gesicht erstarrte zu absoluter Bewegungslosigkeit. Die Farbe verdampfte und hinterließ eine grünstichige Blässe. Zum ersten Mal stellte ich fest, daß seine Augen hellbraun waren und das linke leicht nach innen abwich.

»Tut mir leid«, sagte ich, »aber du läßt es immer bis zum Letzten kommen.«

Jetzt kehrte Leben in sein Gesicht zurück. Ich sah förmlich, wie hinter der gespannten Stirn der Apparat wieder zu ticken begann, die sich verengenden Augen sich mit Abscheu und der sich abwärts krümmende Mund mit Schmähworten füllten. Sie mußten bereits auf der Spitze seiner Zunge liegen, und ich wartete mit ängstlicher Spannung auf ihren Abschuß. Aber es kam kein Wort. Kurt Wilke, der Klarheit liebte und Präzision, Helga und Bismarck, europäische Kultur und Zivilisation, wußte, was er all dem schuldig war. Er biß die Zähne aufeinander, würgte das Knäuel übel schmeckender Worte mit einer Grimasse hinunter, drehte sich ruckartig um und stapfte die Treppe hinab.

Das Abendland hatte ihn wieder.

*Ein eindrucks-
volles Psycho-
gramm einer
Mutter-Kind-
Beziehung*

Wann im Leben einer Frau ist der richtige Zeitpunkt gekommen, sich ein Kind zu wünschen, wann ist sie fähig, diese Verantwortung bewußt zu tragen? Dieses zeitlose aber auch vieldiskutierte Thema hat Brigitte Schwaiger in einem überzeugend dargestellten, literarischen Konzentrat, durchsetzt mit einer Fülle von persönlichen Beobachtungen, auf sehr differenzierte Weise verarbeitet.

Langen Müller

Angelika Schrobsdorff im dtv

© Isolde Ohlbaum

Die Reise nach Sofia

Die Begegnungen zweier Jugendfreundinnen, von denen die eine heute in Paris, die andere in Sofia lebt, werden zum Ausgangspunkt amüsant geplauderter, aber mit analytischer Ironie erfaßter Beobachtungen über Konsum und Liebe, Freiheit und Glück in Ost und West. »Der Sinn dieser Geschichte ist so uneindeutig wie die Wirklichkeit selbst. Sie gestatten dem Leser, zu seinem größten Vergnügen, sie durch seine eigenen Gedanken, seine eigene Phantasie weiterzuspinnen«, schrieb Simone de Beauvoir in ihrem Vorwort. dtv 10539

Die Herren
Roman

Die Herren, das sind nicht nur die politischen Machthaber, sondern auch die Männer, die das Leben der jungen Eveline Clausen geprägt haben: Boris, die erste Liebe, der Engländer Julian, der amerikanische Offizier, der sie heiratet, der Regisseur Werner Fischer, an dem ihre Ehe zerbricht und dessen Künstlerpathos sie doch so rasch leid wird. dtv 10894

Jerusalem war immer eine schwere Adresse

Der Staat Israel ist in den Augen von Angelika Schrobsdorff »das interessanteste, irrwitzigste Land der Welt«, er fasziniert und erschreckt sie zugleich. Ihre genaue Beobachtungsgabe, ihre Ehrlichkeit und ihre sanfte Ironie geben diesem Bericht über einen scheinbar aussichtslosen Konflikt zweier Völker seine befreiende Wirkung. dtv 11442

Der Geliebte
Roman

Zwei Menschen von gänzlich verschiedener Lebensauffassung suchen nach einer Perspektive für ihre Beziehung. Während er sich energisch bemüht, eine dunkle Vergangenheit zu vergessen, weiß sie, daß die einfachen Lösungen nicht für sie taugen. – Im Schicksal der Personen spiegeln sich, Angelika Schrobsdorffs Züge aus eigenem Leben. dtv 11546

Marlen Haushofer im dtv

Foto: Peter J. Kahrl, Etscheid

Begegnung mit dem Fremden

Siebenundzwanzig zwischen 1947 und 1958 entstandene Erzählungen. dtv 11205

Die Frau mit den interessanten Träumen

Zwanzig Kurzgeschichten aus dem Frühwerk der großen österreichischen Erzählerin. dtv 11206

Bartls Abenteuer

Kaum stubenrein, wird der kleine Kater Bartl von der Mutter getrennt und muß sich in seinem neuen Zuhause einrichten. Zögernd beginnt er die Welt zu erkunden, besteht Abenteuer und Gefahren, erleidet Niederlagen und feiert Triumphe, wird der Held der Katzenwelt und in der Familie die »Hauptperson«.
dtv 11235 / dtv großdruck 25054

Wir töten Stella
und andere Erzählungen

»Marlen Haushofer schreibt über die abgeschatteten Seiten unseres Ichs, aber sie tut es ohne Anklage, Schadenfreude und Moralisierung.« (Hessische Allgemeine) dtv 11293

Schreckliche Treue. Erzählungen

»... Sie beschreibt nicht nur Frauenschicksale im Sinne des heutigen Feminismus, sie nimmt sich auch der oft übersehenen Emanzipation der Männer an ...« (Geno Hartlaub) dtv 11294

Die Tapetentür

Eine berufstätige junge Frau lebt allein in der Großstadt. Die Distanz zur Umwelt wächst, begleitet von einem Gefühl der Leere und Verlorenheit. Als sie sich verliebt, scheint die Flucht in ein »normales« Leben gelingen ... dtv 11361

Eine Handvoll Leben

Eine Frau kehrt unerkannt in das Haus ihrer Familie zurück, das sie vor vielen Jahren verließ, um eine gar nicht so unglückliche Ehe und eine leidenschaftliche Affäre aufzugeben. Marlen Haushofer glaubt nicht an die Idylle. dtv 11474

Die Wand

Eines Morgens wacht eine Frau in einer Hütte in den Bergen auf und findet sich, allein mit ein paar Tieren, in einem Stück Natur eingeschlossen von einer unüberwindbaren gläsernen Wand, hinter der offenbar keine Menschheit mehr existiert. dtv 11403

Irmgard Keun im dtv

Foto: Isolde Ohlbaum

Das kunstseidene Mädchen

Doris will weg aus der Provinz, die große Welt erobern. In Berlin stürzt sie sich in das Leben der Tanzhallen, Bars und Literatencafes – und bleibt doch allein. dtv 11033

Das Mädchen, mit dem die Kinder nicht verkehren durften

Von den Streichen und Abenteuern eines Mädchen, das nicht bereit ist, die Welt einfach so zu akzeptieren, wie sie angeblich ist. dtv 11034

Gilgi – eine von uns

Gilgi ist einundzwanzig und hat einiges satt: die Bevormundung durch ihre (Pflege-)Eltern, die »sich ehrbar bis zur silbernen Hochzeit durchgelangweilt« haben, die »barock-merkantile« Zudringlichkeit ihres Chefs und den Büroalltag sowieso. Da trifft es sich gut, daß sie sich in Martin verliebt. Doch als sie bei ihm eingezogen ist, kommen Gilgi Zweifel … dtv 11050

Nach Mitternacht

Deutschland in den dreißiger Jahren. Ein Konkurrent hat Susannes Freund Franz denunziert. Als er aus der »Schutzhaft« entlassen wird, rächt er sich bitter, und Susanne muß sich entscheiden … dtv 11118

D-Zug dritter Klasse

In der Zeit des Nationalsozialismus treffen in einem Zug von Berlin nach Paris zufällig sieben Menschen aus unterschiedlichsten Gesellschaftsschichten und mit unterschiedlichsten Reisemotiven zusammen … dtv 11176

Ferdinand, der Mann mit dem freundlichen Herzen

Ferdinand ist ein Mann unserer Tage, eine provisorische Existenz, wie wir es ja mehr oder weniger alle sind. Es geht ihm nicht gut, aber es gelingt ihm, meistens heiter zu sein, das Beste aus seinem Leben zu machen. dtv 11220

Ich lebe in einem wilden Wirbel
Briefe an Arnold Strauss
1933 bis 1947
dtv 11229

Keto von Waberer im dtv

Foto: Isolde Ohlbaum

Blaue Wasser für eine Schlacht

Ein einfühlsamer psychologischer Roman über die »Liebeslebensgeschichte dreier Frauen – eine weibliche Familiensaga über drei Generationen« (Süddeutsche Zeitung). Eine ›Schule des Gefühls‹ und »ein Buch über das Lieben, so klug und so schön wie lange keines, einfühlsam und mit treffender Ironie beschrieben«. (Die Zeit) dtv 11090

Der Schattenfreund
Liebesgeschichten

Daß Gertrud sich einen Kurschatten zulegt, hat weniger mit purer Liebe zu tun als mit der Tatsache, daß Albrecht, ihr Mann, allnächtlich neben ihr liegt, als sei er ins Koma gesunken. Bei Frau Reinsbeck hingegen geht es im wahrsten Sinne des Wortes mit dem Teufel zu, daß sie plötzlich so höllisch gut ankommt beim anderen Geschlecht. dtv 11326

Die heimliche Wut der Pflanzen
Erzählungen

Eine junge Frau erholt sich nur mühsam von den Folgen ihrer gescheiterten Ehe. In der Großstadt isoliert, verdient sie ihren Lebensunterhalt mehr oder weniger gelangweilt als Angestellte einer Galerie. Da verliebt sie sich eines schönen Tages in einen Besucher ... dtv 11405

Der Mann aus dem See

Was macht eine Frau, wenn der Ehemann auszieht und der Liebhaber daraufhin »kneift«? Sie flüchtet zur besten Freundin. Was aber, wenn es sie dann magisch ins Bett von deren Freund zieht? – Daß die Macht der Erotik das Leben häufig nicht gerade vereinfacht, ist nur *eine* Erfahrung, die Keto von Waberer in diesen poetischen und doch schonungslos ehrlichen Erzählungen beschreibt.
dtv 11564 (August 1992)